México:
tierra de leyendas
Leyendas de cada estado

Colección
Librería
Serie Mitología, Leyendas e Historia

D. R. © Editores Mexicanos Unidos, S. A.
Luis González Obregón 5, Col. Centro,
Cuauhtémoc, 06020, D. F.
Tels. 55 21 88 70 al 74
Fax: 55 12 85 16
editmusa@prodigy.net.mx
www.editmusa.com.mx

Coordinación editorial: Mabel Laclau Miró
Diseño de portada: Carlos Varela
Ilustración de interiores: Daniel Martínez
Formación y corrección: Equipo de producción de
Editores Mexicanos Unidos

Miembro de la Cámara Nacional
de la Industria Editorial. Reg. Núm. 115.

1a edición: abril de 2010

ISBN (título)   978-607-14-0330-8
ISBN (colección)   978-968-15-0801-2

Impreso en México
Printed in Mexico

ISBN 978-607-14-0330-8

9 786071 403308

México:
tierra de leyendas
Leyendas de cada estado

Mario Villagrán

EMU *editores mexicanos unidos, s.a.*

Prólogo

Sugería Octavio Paz, en el libro *El laberinto de la soledad*, que si algún lujo caracterizara al pueblo mexicano, éste radicaría en el particular modo que posee de celebrar y exponerse en sus festejos. Ahí aparece retratada la complejidad de un México donde cada fiesta tiene un mito y cada día una leyenda, motivos y motores de la existencia de un carnaval con personajes que aún buscan evitar esa —aparentemente inevitable— losa de los años que lleva directo al olvido. Leer en estas historias la explicación alegórica de cada territorio, a través de hechos que no se pueden comprender bajo las leyes de la lógica común, resulta una forma de revisitar la brecha entre la historia que fue, la que pudo ser y la que se ha narrado. Se trata de una importante invitación para volver a mirar un país que nunca deja de contar sus historias y en el cual pretende encontrar, partiendo de su geografía, las leyendas y mitos que, a sugerencia del investigador del folclor latinoamericano Oreste Plath —autor de libros como *Folclor del carbón* o *La Animita*—, funcionen como llaves para entender la convivencia de las múltiples identidades mexicanas. Así, de norte a sur y de oriente a poniente, la creación de rituales particulares son la prueba de un país que intenta permanecer en la memoria colectiva a través de iracundos dioses, asombrosos tesoros o espectros aprisionados, encontrando su razón de ser en esa punzante obsesión por el relato oral, misma que resulta clave para entender las particularidades del honor, la vida, la muerte y las festividades. Así, desde una perspectiva llena de ira, deseo, avaricia y humor, se termina por darle forma a un universo de leyendas que transmiten la imperante necesidad de continuar alejando a la verdad de su papel protagónico en la historia, con tal de otorgarle mayor presencia a sus narradores, quienes dotan de vida a una historia en construcción donde la única palabra prohibida es "fin".

Aguascalientes

El cerro del Muerto

Como cada noche, el viento tiene algo que contar mientras transporta miles de almas, caídas en batalla, que no dejan dormir sola a la ciudad, vigilándola cada vez que la oscuridad dice "presente". Provenientes del cerro —en realidad una montaña, de 2,400 metros de altura, en la Sierra Madre Occidental— ubicado al poniente de Aguascalientes, estas apariciones cuentan la historia de la pelea entre los pueblos fundadores de la región: los chichimecas, los chalcas y los nahuatlacas. El relato, que comienza con promesas de tierra, narra cómo después de una reunión para acordar la ocupación de la zona, el sacerdote líder de los chichimecas desapareció al tomar un baño en el charco La Cantera (parte de las aguas termales del extenso manantial del estado que debe su nombre a las mismas), levantando, luego de semanas de su desaparición, sospechas e intrigas debido a su posible asesinato por los chalcas, con lo que comenzó una sorpresiva guerra en la cual los nahuatlacas decidieron sólo mirar. La historia detalla cómo durante el primer día de la batalla, al zumbido de las flechas iniciales y al horizonte de aquel rojizo cerro, el sacerdote perdido reapareció a pie por donde el sol pierde su dimensión, tratando de detener la pelea sin resultados, y con lo cual obtuvo como ganancia una flecha en el corazón que ahogó sus palabras y dio inicio a su verdadera muerte. Ésta culminó luego de una larga caminata en la que regó con su sangre los caminos de tierra, lo cual dio ese particular color que durante los ocasos atrae la mirada de la ciudad. Se cuenta que al llegar a la punta del monte, el sacerdote dio sus últimos pasos y cayó muerto al igual que su pueblo, incapaz de resistir la batalla. Todos los cuerpos fueron enterrados juntos en este mismo sitio, conformando con su carne esta extensa montaña, parte de la Sierra del Laurel, conocida por la población como el cerro del Muerto. De éste se platica que continúan bajando las almas ancestrales a vigilar sus calles y los extensos túneles que, por debajo de la ciudad, esconden relatos e historias que esperan ser develados.

Libertad por un beso

La soberanía de Aguascalientes puede expresar su existencia sólo a partir de un histórico beso. Cuentan que luego de soportar la tiranía de Zacatecas —desde 1791 y por mandato español—, los habitantes de Aguascalientes buscaban independizarse, y la oportunidad perfecta llegó con la visita del general Santa Anna a la ciudad en 1835. Informado de una sublevación en el estado zacatecano, el general se trasladó a la zona de Aguas Calientes para preparar su respuesta, y fue recibido con los brazos abiertos por el pueblo, en especial por la familia García Rojas, compuesta por Luisa Fernández Villa y su esposo Pedro, nombrado primer gobernador años después de esta visita y de que se concretara la Independencia. Atendido como soberano, el militar fue homenajeado con una cena por la pareja, la cual, entre halagos, informó sobre las demandas de soberanía de su gente. Relatan que al quedar Luisa Fernández y el general solos, durante la cena, ella le pidió su apoyo a cambio de cualquier sacrificio. Santa Anna respondió con la petición de un beso de la dama, luego acercó su boca a la señora de García. Fue así como se logró el primer paso hacia la autonomía del estado.

La momia del túnel

Cada rincón de cada túnel guarda un secreto. Uno de los relatos más conocidos, referente a los pasadizos que corren por debajo de Aguascalientes, es la leyenda de las momias. Narran que Brígido Villalobos, propietario de una de las tiendas más concurridas a finales del siglo XIX, durante una velada con sus amigos miró como se hundía la parte trasera de su local de abarrotes. Ante la intriga y su consecuente curiosidad, los hombres decidieron investigar lo sucedido, bajando con los primeros rayos del sol por el agujero para encontrarse ante un túnel con dirección al Jardín de San Marcos. Al caminar, se dice, descubrieron una antigua bóveda de telas majestuosas que se deshacían al tacto, las cuales eran vigiladas por una momia risueña y una de cabello largo, que, aún hoy, continúan cuidando la bóveda oculta en las extensas redes del subterráneo de esta ciudad.

El caporal Ardilla

Un pacto con el Diablo implica un buen engaño para pagar el favor, como lo demuestra la siguiente historia. Resendes, hombre de confianza del Marqués de Guadalupe —poderoso caballero de la zona durante el siglo XVII—, comenzó a enriquecerse gracias a una noche de copas ocurrida el 24 de diciembre de 1870, cuando embriagado de avaricia vendió su alma al Diablo. El demonio le otorgó riqueza al resucitar cada una de las vacas muertas que el llamado caporal Ardilla —por su extraño modo de montar— vendía. Fue así como cumplió su promesa y esperó el día del pago. Relatan que al llegar éste, el deudor pidió como última voluntad una prórroga para terminar una barda en los terrenos del Marqués. El Diablo, en su afán de presumir, decidió realizar el trabajo con la promesa de acabar antes del cantar de los gallos; de lo contrario, lo dejaría con vida. Aprovechando la distracción, el caporal corrió al monte para encontrar a su gallo, y lo hizo cantar antes del amanecer. Así, daba anuncio a una mañana de engaño para el inocente Señor de las Tinieblas.

Las Agapitas

La regla de cualquier buen mesón es tratar con todo lujo a cualquier huésped —pobre o rico—, y en Las Agapitas éste era el lema a seguir. Administrado por doña Agapita, su hija y sus tres hijos varones, el mesón —ubicado en la calle Reloj durante el siglo XVII— vio llegar un día a un personaje de gran presencia, alto y negro, que durante meses pagó con monedas de oro hasta que un día enfermó y falleció, no sin antes confiarle a José, uno de los hijos, un gran secreto: escondido en el cerro de los Gallos, el tesoro de la familia minera española González esperaba el regreso de su dueño y ahora le pasaba esa tarea a José. Una vez que encontró el tesoro, José transformó el hotel y lo llenó de lujos, pero sus hermanos, por codicia, decidieron tomar cada uno una parte del tesoro. Éstos se perdieron en el cerro y sus cuerpos nunca fueron encontrados. Así se dio forma a una tragedia en la que José enloqueció, mientras madre e hija decidieron partir para siempre hacia la capital.

Baja California

Wac Tuparán

El escenario: un majestuoso cielo y la prisión asfixiante de un infierno. El tema se podría decir universal, y comienza con un destierro que da origen a miles de historias contadas y mezcladas con las raíces de cada país que las relata. En el caso de México, hay una conexión directa con la antigua tribu de los pericues, radicada a lo largo del estado de Baja California. La historia que se cuenta se debe en gran medida a la misión evangelizadora realizada durante la Colonia española, lo que dio vida a una leyenda que muestra la unión de dos culturas en choque. Todo comenzó con la pelea realizada en el cielo entre Tuparán, un iracundo ángel cegado por sus ansias de poder, y la divinidad suprema, el creador de los cielos y el mundo, llamado Niparaya. En una larga y dispareja pelea, el dios vence al ángel y decide, junto con su esposa Anayicoyondi y sus tres hijos, el destierro como respuesta a la rebelión, alejando al traidor de su reinado y encerrándolo de por vida dentro de una cueva localizada en la Tierra. Relatan que para asegurar la paz entre los habitantes de su reino y evitar una nueva rebelión, Niparaya tomó varias decisiones. Comenzó por la creación de seres gigantes que gobernaran libremente el mar, a los cuales bautizó como ballenas y a las que les encomendó la tarea de vigilar durante sus días y noches la entrada de la cueva que guardaba la furia y las ideas de rebelión del desterrado, también conocido como Wac. Platican que, con el fin de ayudar a la tribu pericue a entender el mundo, y buscando erradicar el deseo de poder de los hombres, Niparaya envió a la Tierra a su hijo Quaayayp para otorgar la abundancia de la vida como señal de su majestuosidad y como respuesta al porqué de su gran reinado. Convertido en un hombre pericue, el hijo de Anayicoyondi fue el encargado de enseñar a la tribu el arte de la pesca, la sobrevivencia y las brechas existentes entre la razón y el embuste, vigilando cuidadosamente, desde la Tierra, el encierro eterno del rebelde Tuparán.

Juan Soldado

Jesús Malverde, el conocido santo y bandido generoso, es para Sinaloa lo que Juan Soldado resulta para los paseantes fronterizos de Tijuana, quienes urgidos por cruzar, adoran al llamado "ayudante del inmigrante" alrededor del país. Es considerado un mártir por el pueblo tijuanense, a pesar de ser el asesino confeso de la niña Olga Camacho, muerte ocurrida el 13 de febrero de 1938. Relatan que el soldado, bautizado como Juan Castillo Morales, enceguecido por una excesiva noche de alcohol, violó a la hija pequeña de uno de los líderes sindicales de la llamada huelga de los sentados —realizada en contra del presidente Lázaro Cárdenas y sus acciones contra los casinos—, hecho que provocó la ira de la población en el anteriormente llamado Rancho de la Tía Juana. Castigado a través de una corte marcial con la "ley de fuga", en la que se daba oportunidad al culpable de correr y obtener su libertad, Juan cumplió su condena en el panteón municipal Puerta Blanca, ante los ojos de un pueblo congregado en las partes altas del recinto para atestiguar y enjuiciar con piedras al soldado. Años después, hubo arrepentimiento al correr el rumor de su inocencia, misma que lo ha llevado a convertirse en un fenómeno de masas.

La laguna Hanson

El sueño del pobre, del rico y del pirata. Los tesoros son una promesa que aparece en cada estado, cambiando la vida a aquel que dé con su ubicación, aunque en esta ocasión se trata de una laguna. Se refiere que a la llegada del noruego Jacob Hanson a Baja California a principios del siglo antepasado, con el fin de criar ganado de calidad en el rancho que compró en el ahora conocido Parque Nacional de la Constitución de 1857, comenzó la leyenda de un tesoro, hasta hoy desaparecido, oculto en dichos terrenos de Ensenada. Se cuenta que el europeo acumuló una importante fortuna que le permitió comprar el ahora patrimonio de la nación, y que fue asesinado años después por forasteros que buscaban sus riquezas. La última promesa de Hanson fue la de jamás mostrar el lugar de su escondite, cumpliendo un secreto de tumba que continúa en nuestros días como un misterio por resolver.

Hotel California

La canción del grupo estadunidense The Eagles, de mismo título que esta historia, ha transmitido una de las leyendas más conocidas de Baja California, difundiéndola por el mundo al formar parte de uno los discos más vendidos en la historia. En ella, se narra la llegada de un extranjero —sin que sepamos si es alguno de los integrantes de la agrupación— al famoso Hotel California, ubicado cerca de las visitadas playas de Todos Santos. Dicen que al entrar al sitio, una bella mujer de nombre Mercedes se encargó de atenderlo en la recepción, y que lo invitó a tomar una copa al bar por cortesía del hotel. Fuera de nómina y de toda explicación, se cree que este fantasma aparece cada vez que el huésped le parece atractivo. También ofreció, con sonrisas, una botella de vino en la habitación del visitante en cuestión, misma que nunca llegó, situación que provocó la intriga del halagado, quien bajó a preguntar y se encontró con la explicación de un espíritu que se aparece desde hace más de cuatro décadas, y del cual se desconoce su origen. Ésta es la fuente de una de las canciones más exitosas de todos los tiempos.

La ahorcadita

Para las mujeres de Baja California con problemas de fertilidad, el Árbol de Martina, ubicado en las cercanías de las playas de Todos Santos, es la respuesta milagrosa a sus plegarias. Se relata que en él, a mediados del siglo antepasado, fue colgado el cuerpo sin vida de una mujer llamada Martina, quien fuera asesinada por su suegra y su esposo debido a las sospechas que la primera tenía sobre la infidelidad de la muerta. Sin saber que tenía un embarazo de cuatro meses, fue asfixiada y después abandonada en el árbol, el cual comenzó a adoptar formas asombrosas gracias a la fuerza del hijo que la mujer llevaba en su vientre, mientras el cuerpo se desgastaba. Brotaron así cuatro ramas curativas que, correspondientes a cada mes de su estado, ayudaban a las mujeres a procrear al entrar en contacto con las hojas del árbol. Se narra que los asesinos fueron atrapados gracias a otro hijo de Martina con retraso mental, quien logró contar lo ocurrido a la policía.

Campeche

El aluxe

La leyenda del famoso y mal nombrado duende maya ha ingresado en el ámbito popular gracias a un espectáculo muy mexicano. Durante años, tanto en la televisión como en las arenas de lucha libre mexicana, el eterno y reconocido compañero del luchador Tinieblas —a su vez acompañante del actor Gaspar Henaine "Capulina"— logró dar vida popular a uno de los mitos más importantes del país. Alejado totalmente de las imágenes prehispánicas de origen maya que lo muestran como un agricultor de barro, este famoso personaje, idolatrado a través de un engañoso disfraz, representó la masificación de varios mitos y creencias que se tienen en torno a este legendario ser, cuya presencia pisa los relatos del centro y sur de América. La historia maya, olvidada y cubierta con el polvo de otras leyendas, cuenta cómo los campesinos, conocidos como kolnáal, acudían ante un sacerdote, nombrado jmeen, para darle vida a un aluxe y encargarle el cuidado de sus sembradíos. Con un muñeco de barro y gotas de sangre del campesino se daba vida al ser que, mediante poderes entre los cuales se cuenta el hacer llover, vigilaría la milpa de quien lo había traído a este mundo. Alimentándolos a través de la sacá, un atole "sagrado", relatan que todos estos seres fueron creados de sangre masculina. Asimismo, se cuenta que al ver los genitales de una mujer fallecen automáticamente. Se dice también que fueron creados con partes de varios de los animales más veloces de la naturaleza —como las piernas de los ciervos—, dándoles una agilidad que les permite, según otras historias, ser bromistas y nocturnos. Amantes del fuego, al cual suelen rendir tributo con bailes, estos seres acostumbran llevar niños a sus escondites en el campo, con el fin de transmitirles la sabiduría que poseen, para luego liberarlos y regresarlos a su ciudad de origen convertidos en hmen, sacerdotes de gran inteligencia que cambian el mundo sin recordar dónde fue que adquirieron tales poderes.

Xkeban y Utz Colel

Los pecados del amor dan más vida que la apatía. O al menos esa lección se aprende en esta leyenda maya, una de las más populares de Campeche. En ella se narra la historia de Xkeban, conocida como una xtabay (prostituta), y de Utz Colel (mujer buena), dos personajes femeninos que cambiaron un pueblo. La primera, amante del amor, fue juzgada por sus elecciones pasionales, pero querida por su manera de ayudar al pobre, dándole siempre una mano en sus necesidades, mientras que la segunda, honesta pero fría ante la población, fue premiada por sus decisiones hasta el día de la muerte de Xkeban. Cuentan que de la tumba de ésta comenzó a desprenderse un maravilloso olor que cubrió los alrededores. Esto causó la envidia de Utz Colel, quien no podía creer que de tal mujer se pudiera desprender tal olor, por lo que juró que al fallecer lograría un mejor perfume. El día de su deceso llegó, y sucedió todo lo contrario a su promesa: llenó el pueblo de olores desagradables que hablaban por la muerte en vida que siempre eligió. El relato finaliza con una bella flor conocida como xtabentún que nació en la tumba de Xkeban, y en la de Utz Colel un espinoso cactus conocido como tzacam.

La iglesia de la Ermita

Si los edificios hablaran, probablemente nos enteraríamos de cosas que ni siquiera imaginamos. Construida en el barrio de San Francisco, fuera del perímetro del puerto de Campeche, la iglesia de la Ermita y Señora del Buen Viajero, cuenta la historia del avaro Gaspar González Ledesma, quien prometió construir un templo si era curado de sus males. El hombre fue curado, pero no cumplió su juramento. Dicen que al viajar por negocios a Europa, en su regreso de Cádiz a Campeche, y a pesar de su soberbia, Gaspar conoció al fraile Rodrigo y entabló amistad con él. En el viaje, sucedió un trágico accidente en el mar que causó el naufragio de los tripulantes por días, y en el que el sacerdote dio su vida por Gaspar, transformándolo para siempre. De esa manera, su dinero fue a dar a esta construcción consagrada a fray Rodrigo, encargado de salvar su alma.

Canancol

Cansados del robo de sus milpas, los campesinos de la zona maya recurren a la protección ancestral de Canancol. Originado en Yucatán como un muñeco de tamaño proporcional a la extensión del campo que cuidará, este protector cobra vida a través de un ritual realizado por un hmen, quien ubicado al centro de la cosecha, cubre con la cera de nueve panales el cuerpo de este personaje, en cuyo rostro lleva frijoles negros como ojos, maíz como dientes, y en su cuerpo frijoles blancos a manera de uñas. En una larga ceremonia llena de aguardiente y fuego, el hechicero extrae del dedo meñique del campesino nueve gotas de sangre, las cuales deposita en un agujero de la mano derecha de la creación. De esta manera se le otorga vida a un poderoso vigilante que, piedra en mano, cuidará los sembradíos. Se dice que para evitar ser atacado por su creación, el campesino tiene que silbar tres veces al entrar en el campo, con el fin de poder acercarse al muñeco y quitarle la piedra con la que defenderá, todas las noches, las cosechas de los hombres.

ℒas sirenas

Las buscan en los mares, aparecen en los sueños de marineros perdidos y son motivo de incontables letras que cuentan sus aventuras. Las figuras de las sirenas llegaron a Campeche para crear un moderno mito que confundió por meses a la ciudad. Se cuenta que en la arena de la isla Aguada, peces con características humanas han comenzado a aparecer, dando inicio a la leyenda de pescadores que cuentan que las han visto en Cayo de Arcos y en otras zonas como Punta de Palo, lugar que da origen a este último relato en torno a ellas. Se platica que, hace pocos años fue encontrada en la nombrada isla Aguada, en una región sin explorar, un ser al que inmediatamente asociaron con un tritón, y comenzaron a circular distintas fotografías a través de los medios. Varios de los pescadores contribuyeron con la leyenda al asociar al gobierno con el hallazgo y la protección que desde hace tiempo se realiza cautelosamente en la zona.

Coahuila

Zapalinamé

Del último caudillo huauchichil, llamado Zapalinamé —una comunidad instalada en la actual zona de Saltillo—, se cuentan muchas historias. Algunas resaltan las decenas de batallas que libró contra los conquistadores españoles; otras su capacidad para no ser tocado por flechas, cuchillos o pólvora, y las más, su actuación en la guerra librada contra invasores en la que, luego de resistir días enteros a la mayoría extranjera, regresó con su gente a morir al monte. De la batalla más importante de Zapalinamé, se narra el coraje con el que venció a los conquistadores instalados en un fuerte cercano a su zona, luego de que éstos capturaran a pobladores indígenas para venderlos como esclavos a los nuevos dueños de las minas durante el siglo XVI. Relatan que un día, los españoles decidieron tomar niños y mujeres como prisioneros, lo que provocó la ira del guerrero, quien con una disminuida cantidad de acompañantes tomó el fuerte. Ahí descubrió que los rehenes habían sido asesinados, lo cual le causó una colérica reacción. Torturados y castigados, los conquistadores encontraron el fin a su vida, al igual que el fuerte que los cuidaba. Sus cuerpos fueron apilados y dejados a la intemperie como comida de buitres, mientras que a los indígenas muertos se les enterró en la zona. Éste es el origen de la leyenda del "Panteón del indio", ubicado cerca del Camino Real a Monterrey. Para cerrar el capítulo, la historia guarda un lugar especial para la última de las defensas que realizó Zapalinamé, en la que condujo a una victoria momentánea a los suyos, para luego caer en su retirada al monte, cuando comenzó a ver cómo moría su gente gracias a la dispersión de la enfermedad de la gripe, uno de los trucos usados por los conquistadores para vencer. Así tuvo lugar la muerte de este entrañable personaje del estado y de gran parte de su comunidad.

El callejón de la Delgadina

La infidelidad es pariente cercana de la venganza, y la historia de Isaura "la Trenzona" Delgado es una popular muestra. Acontecida en 1786, esta narración relata las vidas de Crisóstomo Sánchez, el carnicero del pueblo, también conocido como "el Gigante Severo", y su esposa Isaura, involucrada en chismes que la emparejaban con otro hombre del pueblo. Ubicados en el callejón de Santa Anna, el cual terminaba en el arroyo conocido como La Tórtola, la pareja parecía tener todo hasta que el carnicero comenzó a poner atención a las habladurías en torno a su señora. Cuentan que Crisóstomo hizo todo lo posible por descubrir el engaño, hasta que lo logró. El Gigante desmayó a su mujer de un golpe y la llevó al cuarto de cortes y la amarró de su cabellera a un garfio para darle la ilusión de cercanía al piso. La mantenía viva a través de migajas de pan con el fin de verla morir hecha un cadáver irreconocible. Una vez muerta, la encontraron a orillas del arroyo, y con ello se le dio nombre al callejón de la Delgadina, en el cual las súplicas de "la Trenzona" continúan resonando.

El tesoro de Rancho Viejo

La lucha de Independencia dejó un camino de leyendas eternas. En ésta se cuenta cómo un año después del Grito de Independencia, la legión de los insurgentes comandada por Allende llegó a Coahuila con una gran cantidad de oro, plata y joyas, pero fueron capturados por el capitán Elizondo luego de una emboscada en Baján. A partir de esta acción, cobra vida el mito de San Buenaventura y Rancho Viejo, en el que se refiere cómo el oro obtenido terminó por repartirse injustamente, ya que el capitán fue el mayor beneficiado. Así, ocultó su gran tajada en Santa Gertrudis, dentro de uno de los ranchos de su amigo don Antonio Rivas.

Platican que al fallecer el capitán Elizondo, se señaló a Rivas como el dueño de la fortuna, pero también para él había sorpresas, ya que falleció repentinamente sin revelar el escondite del tesoro.

Las Vacas

Antes de Villa, Zapata o Carranza, existieron hombres que pagaron con su vida el inicio de la Revolución, a los cuales la historia ha pretendido olvidar. Comandados por líderes dedicados al periodismo y al anarquismo, como Ricardo Flores Magón o Práxedis Guerrero, un compacto grupo de guerreros libró en el antes famoso pueblo de Las Vacas, en el mes de junio de 1908, una de las batallas más disparejas de la historia. Los protagonistas fueron cuarenta combatientes que, contra un ejército que los superaba cincuenta a uno, lograron conquistar parte de la ciudad. Cuenta la historia que durante tres días, y en otras ciudades del norte como Viesca, la revuelta comandada por los precursores de la Revolución buscó dar un golpe para responder a la intervención militar de Estados Unidos de América en el país y proclamar una rebelión que el pueblo, a escondidas de sus patrones, apoyaba. Esta batalla se narra en las *Obras Completas* de Práxedis Guerrero: el coraje que durante dos días mantuvo de pie al colectivo, soportando la mayoría de los embates militares, y que al final se vio derrotado luego de quedar sin municiones, pese a que habían logrado la ocupación del lugar.

La mina que desaparece

Cuando la tierra se abre para mostrar sus secretos, lo mejor es poner toda nuestra atención. Se cuenta que cerca del poblado de San Buenaventura, en el cerro de Santa Gertrudis, allá por 1870 un cuidador de rebaño que usaba esta zona para trabajar perdió en su caminata algunos chivos. Los buscó por horas y los encontró cerca de un hoyo que conducía a un túnel de poca profundidad, el cual estaba lleno de lingotes de plata. Al descubrir el tesoro, el cuidador corrió a su casa para guardarlo, haciéndose acompañar por su patrón para poder recogerlo completo. Una vez que vio los lingotes, el patrón partió junto con el empleado a la mina, pero nunca lograron encontrarla de nuevo. Los lingotes fueron llevados al pueblo para examinarlos, demostrándose tanto su autenticidad como la avaricia de la población, que corrió a buscar la plata, aunque se cree que ésta aparece y desaparece a través del cerro.

Colima

Comala

Vengar a su madre fue la promesa realizada en el lecho de muerte. La misión: encontrar a su progenitor en un misterioso pueblo fantasma, localizado ahí, donde el sol quema el alma de todo visitante. El título de la obra: *Pedro Páramo*. Ubicada dentro de un particular territorio que, en palabras del autor de la leyenda, el reconocido escritor Juan Rulfo, "huele a miel derramada" a pesar de encontrarse "sobre las brasas de la tierra y en la mera boca del infierno", esta obra retoma los acontecimientos de la ciudad de Comala, localizada a doce kilómetros y aproximadamente a treinta minutos de la capital del estado. Definiéndolo como un comal que no deja de arder en su seno, Rulfo creó, con la suma de las características propias de este territorio, un pueblo fantasma en el que, gracias a su talento e imaginación, originó una de las leyendas más importantes del país. Ésta narra la vida de un cacique, Pedro Páramo, que cambió la historia de una comunidad al llevarla con sus acciones hasta la miseria, causando muerte y desolación entre sus habitantes. Éstos se convirtieron en viles espectros que, al debatirse entre su pasado y su presente, no lograron abandonar esta tierra. Se dice que esta comunidad, conocida como el "lugar donde se hacen comales", posee una magia tal que los muertos permanecen en el mundo de la vida, en silencio, esperando que el tiempo dé una respuesta a sus pesares o al menos les dé la oportunidad de renacer ante los ojos del lector. Así pues, las dudas son la mejor razón para visitar la ciudad y conocer la Parroquia de San Miguel o sus portales, sin dejar de lado las frondosas primaveras que resaltan las uniformadas casas blancas, mismas que desde 1961 recubren el panorama. Comala continúa atrayendo visitantes de todo el mundo, quienes motivados por las huellas del relato de Rulfo, siguen en su búsqueda.

El Volcán Colima

Nuestro país cuenta constantes historias sobre sus volcanes, y si de leyendas se habla, el Volcán Colima, también conocido como Volcán del Fuego, tiene una particular que describir. Ubicado en el estado de Jalisco, con una altura de 3,886 metros, este efervescente lugar —platican los pobladores— fue casa del rey Colimán, gobernador de la región, quien al vivir en las faldas del volcán, al lado de toda su comunidad, fue testigo y parte de una dispareja batalla contra los conquistadores españoles. La leyenda cuenta que, durante la última pelea, luego de permanecer rodeados por semanas, el rey dirigió la huída de su pueblo. No obstante, al ser descubiertos por un comando español, Colimán decidió morir junto con su gente antes de ser humillados. El rey tomó el primer paso hacia la dignidad al saltar al centro del volcán, y posteriormente fue imitado por todos sus súbditos. Antes de morir, hizo la promesa mística de regresar para proteger a su pueblo cada vez que sus descendientes fueran humillados, lo cual, según habitantes de la región, sucede cada vez que el volcán se activa. La última venganza habría sido, de este modo, en 1818.

La piedra de Juluapan

La naturaleza es mejor arquitecto que cualquier humano. Es en su perfección donde se anidan grandes historias, como la que cuentan al noroeste de la ciudad de Colima, cerca del cerro Juluapan. En la población del mismo nombre existe la leyenda de la ubicación —dentro del cerro, en su piedra más impresionante— de la tumba del legendario rey Ix, la cual conduce a uno de los tesoros más imponentes del mundo prehispánico: la piedra de Juluapan. En Europa, el conde de San Dióniso encontró una lápida que daba indicaciones sobre esta piedra y sus riquezas, la cual fue saqueada y en ella se encontró rastro de las relaciones entre el rey y el monarca chino Wang Wei, acarreando con su apertura un castigo eterno que pende sobre la población, pues la enorme roca representa una amenaza y un recordatorio del tesoro saqueado.

La laguna de Alcuzahue

Pueblos fantasmas e imperios debajo del asfalto alientan las leyendas de cada estado, y Colima tiene su propio Atlantis que contar. Localizado en la laguna de Alcuzahue, al pie del cerro de San Gabriel, se cree que existe un poblado de indios que habita, oculto, debajo de la laguna. La historia comienza luego de una persecución en la que dos enamorados, al huir de sus indignadas familias, piden ayuda al genio del valle a cambio de su alma. Como respuesta, éste decide enviarlos al pueblo y desatar una tormenta de proporciones descomunales, la cual creó con sus aguas esta hermosa laguna. Así fue como se inundó el pueblo en el que la pareja se ocultó, y del cual se dice que permanece sepultado entre las inmensas grutas que habitan la zona del municipio de Tecomán. Se trata de un pueblo encantado en espera de emerger para mostrar la feliz historia de una pareja que, al invocar poderes sobrenaturales, enterró una civilización ahora perdida. Asimismo, el lago está compuesto de pequeños pozos a través de los cuales, se dice, se puede llegar al centro de la Tierra.

Los piratas de Manzanillo

Como animales de rapiña, los piratas han permanecido ocultos en nuestra historia, listos para salir a flote en cualquier relato, y Colima no es la excepción. Se cuenta que en sus playas, después de las noches de lluvia y al acercarse el amanecer, el horizonte muestra constantes apariciones de barcos fantasmales perdidos durante una de las batallas más narradas de la ciudad. Relatan que el día que pasó a la memoria del pueblo ocurrió cuando, en altamar, se encontraron en el mismo sitio piratas portugueses, ingleses, franceses y españoles buscando un tesoro proveniente de China, cuyo fin era las manos del conquistador Hernán Cortés. Durante días los ladrones combatieron entre sí por acceder al barco que transportaba el tesoro, pero la mayoría falleció en el mar sin llegar a él, iniciando así una batalla que no verá su fin jamás.

Chiapas

Yalam Bequet

Platica quien las ha visto recorrer los cielos así, sin ningún pudor, que sus carcajadas ensordecen como taladros de otro mundo. Desvestidos hasta la médula, los esqueletos de hermosas mujeres elegidas selectivamente por el Diablo vuelan sin rumbo alguno, tratando de olvidar sus deseos. Bautizadas como las Yalam Bequet, su historia narra cómo aquellas damas poseídas en cuerpo y alma por tan imponente figura

abandonaban durante las noches el lecho de su hogar, dejando marido, perro y familia a cambio de un recorrido incierto por las infernales
estaciones preparadas para ellas. Al pie de la ventana, con el viento
sobre sus últimas prendas humanas, y a la orden de las palabras yalam
bequet, yalam bequet ("baja carne, baja carne") de la lengua tzotzil,
comenzaban a descubrirse, cambiando rostro y cuerpo por una masa
uniforme de piel que, empotrada en el piso, terminaba por desprenderse para quitarle un peso de encima al esqueleto, listo para cruzar
nubes y tierras hasta llegar con su amo. La leyenda relata cómo por las
madrugadas las poseídas regresaban a casa, confundidas entre la ne-
blina, posándose sobre sus pieles para, al grito de muyán bequet, muyán bequet ("sube carne, sube carne), dar vida un día más a la figura
humana que permitiría a estas poseídas no causar sospechas entre los
chiapanecos cercanos a San Cristóbal de las Casas. Dicen los brujos
encargados de arreglar estos menesteres que, a pesar de su inocente
apariencia, estos demonios deben ser eliminados aunque cueste reconocer la pérdida del ser amado, y para ello basta un litro de vinagre
y sal molida, los cuales deben de humedecer y granizar el cúmulo de
sus pieles; con ello, al tratar de emplear el conjuro sin resultado, las
que antes eran bellas huyen para vivir sus vidas de huesos, las cuales, a
pesar de no ser más largas que las de un humano, son de vil servilismo
al Diablo. Éste continúa llenando el paisaje con cometas de calcio que
vagan sin rostro que los identifique y sin parar de reír.

El río rojo

El precio de la libertad es muy cercano al de la vida. Y para los fundadores
de la región —los llamados chiapanecas—, la sentencia no podía ser otra.
Acorralados en el Cañón del Sumidero por la expedición de los conquistadores españoles, comandados por Diego de Mazariegos, los guerreros
tomaron una decisión que todavía le da vida al estado. Tiñeron las aguas
del río Grijalva de rojo, luego de una dispareja batalla ocurrida en el siglo
XVI, en la que buscaban evitar ser tratados como esclavos y perder con
ello el derecho a sus tierras; se dice que los míticos indígenas fueron sal-
tando al precipicio de uno de sus peñones con el fin de evitar su captura,
en uno de los suicidios colectivos más comentados y que es causa del particular tono rojizo de las aguas que corren en esta zona. La leyenda, que
enmarca uno de los sitios turísticos más visitados del país, forma parte
de este parque nacional, considerado y nombrado como tal desde el 4 de
diciembre de 1980.

La iglesia de Chamula

Hubo un tiempo en el que las piedras respondían al primer silbido. O cuando menos así lo cuenta la historia en torno al origen de la iglesia de Chamula, la cual se dice que fue construida por uno de los brujos más poderosos en la historia de la región. Relatan que este misterioso hombre, de poderes particulares, solía vivir como ermitaño castigando a quien se atreviera a contradecirlo. Un día, el pueblo entero decidió darle utilidad a la fuerza de este místico personaje, pidiéndole la construcción de un templo. Como respuesta, el hombre parado en el monte comenzó a silbarle a los cerros, y cada roca que escuchaba su llamado terminaba por convertirse en un borrego que bajaba hasta sus pies, para ahí transformarse en piedra de nuevo. Estas piedras fueron usadas para construir la gran iglesia. Se narra que de uno de los cerros cercanos no bajó ninguna roca, desobedeciendo al poderoso, y que por esta razón se le bautizó como Chajancavitz, "el cerro de las piedras haraganas".

Leubio y Flor

Por razones que sólo los dioses conocen, entre las cuales se encuentra el equilibrio de los mundos como central, el mundo de los mortales no puede juntarse con el de los inmortales. Platican que al sureste del estado, en el Parque Nacional de Lagunas de Montebello, vivían Luha, dios del agua, su esposa Arcoriris, y Leubio, su hijo, quien estaba perdidamente enamorado de una mujer de la zona; al ser correspondido por éstas fue obligado a confesar sus sentimientos a sus divinos padres. Frustrada por el matrimonio que su hijo buscaba celebrar con Flor, la bella humana, Arcoiris decidió tomar el asunto en sus manos y acudió con una de las brujas más poderosas para provocar su separación. Además, exigió como condición que el hechizo que realizara nunca permitiera a los enamorados juntarse, en aquella o en otra vida. Relatan que la bruja, ante tal petición, encontró una rápida respuesta abriendo dos zanjas en la tierra que, separadas por una brecha, permitieran crear dos lagunas, concluyendo con la transformación de los enamorados en agua que llenara para siempre las fosas. Así fue como los separó, efectivamente, hasta la eternidad.

La Tisigua

Hay mujeres a las que se debería olvidar aún antes de conocerlas. Seres que con su belleza atrapan y enloquecen sólo por diversión, tal y como la Tisigua solía hacerlo. Esperando paciente la llegada de cualquier muchacho en estado de ebriedad que llegara a nadar a las aguas cristalinas del Sabinal, este ser diabólico, que adopta la perfección femenina como disfraz, enamora al que se deja perder por su cuerpo desnudo. La Tisigua invita a su víctima a una persecución sin final, en la que ella sale ilesa de las espinas y ramas que rodean las aguas, mientras que el alucinado hombre ve su cuerpo sangrar, intentando llegar hasta la mujer sin ningún resultado para, minutos después, enloquecer de por vida. Se dice que este personaje es una advertencia creada por el mismo pueblo para evitar los incontables ahogados juveniles que terminan las parrandas cuando se los lleva el Diablo vestido de mujer.

Chihuahua

La Pascualita

Tras los vidrios del aparador de la tienda de telas y vestidos "La Popular", una adormecida, pálida y tiesa novia no deja de ser mirada por la gente que diario se detiene al pasar. Su imponente belleza, caracterizada por una penetrante mirada que choca con los ojos de quien la ve con detenimiento, no asombra tanto al transeúnte como las particularidades de su rostro, bóveda de una importante cantidad de las leyendas más narradas en las últimas décadas al norte del país. Este maniquí, de origen francés y desempacado en una reconocida tienda del centro del país, para luego ser adquirido con el fin de mostrar los vestidos de "La Popular", cuenta con tantos relatos como visitantes. Debido al parecido que en cada rasgo distintivo de la cara tenía con la dueña del comercio, Pascualita Esparza Perales, refieren que esta figura se trataba de una réplica exacta de su hija, fallecida el día de su boda al ser picada por un animal que se encontraba escondido en la corona de su vestido; otros, en cambio, apuntan que más que réplica es el cuerpo embalsamado, rumor supuestamente aclarado por la propia policía ante la duda. Lo cierto es que desde el 25 de marzo de 1930, durante su primer día de exhibición en la tienda ubicada anteriormente en la calle Libertad, los relatos continúan cambiando, haciendo del personaje de "la Pascualita", como se le conoce en las calles, uno de los más llamativos, fuente de mitos que relatan los hábitos de sus dueñas para lavarle cabello y pestañas, con el argumento de que éstos son un injerto realizado artesanalmente con cabello humano. Caminando entre telas, zapatos y vestidos, algunas veces llorando, otras sonriendo, y las más acomodando la ropa al interior del local, este mágico maniquí ha sido visto en incontables ocasiones con vida, gracias a lo cual se han alimentado las ideas de un alma capturada en aquel definido rostro que siempre regresa al aparador en su postura habitual para recibir serenatas, cámaras y piropos de los visitantes. Éstos, por su parte, aún buscan encontrar a este personaje en la ciudad, quien continúa ocupando un lugar en la tienda donde comenzó su popularidad.

Dos veces muerto

La Revolución dejó relatos de crueldad que hasta la fecha dificultan a las almas superar sus penas. Entre ellas, Chihuahua rescata en sus historias la perteneciente al teniente inglés William Benton. Refieren que por San Lorenzo, en el municipio de Belisario Domínguez, este hombre de negocios, contrario a las ideas de la Revolución, fue asesinado por un reconocido general villista por el simple hecho de compartirle sus ideas. Ante dicho acto, platican, el mismo Francisco Villa tuvo que tomar cartas en el asunto cuando descubrió la identidad del extranjero baleado, y tomó una drástica conclusión para evitar un conflicto internacional. Luego de identificar el cuerpo, éste fue desenterrado de su tumba con el fin de fusilar al cadáver y así poder explicar el porqué de su muerte. Asesinado y rematado, detallan que el espectro del teniente William regresa todos los años, el día de su asesinato, para reclamar por el doble crimen.

La sierpe de nonoava

Cuando el río suena, no necesariamente sólo agua lleva. Cuenta la leyenda que, además de los troncos aparece una particular serpiente que transporta el río Serrano cada temporada de lluvias, junto con el riesgo del desborde de las aguas.

Dicha serpiente aparece desde hace ya un siglo, para juguetear en su recorrido por dichas aguas; se trata de una especie de presagio ante la llegada del caos a la zona. Según dicen los que la han visto, la Sierpe, como ha sido bautizada, mide aproximadamente 25 metros de largo y tiene la piel color verde amarillento. La Sierpe sale sólo a recordarle a la población que es momento de juntar toda la leña posible con el fin de resguardarse ante las inclemencias que vendrán, por lo que su presencia se considera un adelanto al próximo mal tiempo. A pesar de sus características, hasta la fecha ningún ataque se le atribuye a este ser, expiándola de cualquier signo de maldad.

La casa de los chinos

Sea un engaño a la imaginación, un error de percepción o una simple ilusión provocada por el sol, la sorpresa que causa el mirar una imagen parecida al antiguo imperio chino en las lejanas tierras chihuahuenses, parece ser el motor que alimenta varias historias.

Se cuenta que al escalar el llamado cerro Grande hasta la cima, al sureste, justo a su altitud máxima, se encuentra en pleno horizonte una serie de banderas rojas que anuncian la aparición de un impresionante espectáculo en el que se distingue lo que se que formó parte del imperio chino. Los visitantes, deslumbrados por este majestuoso templo con procedencia desconocida, cuentan haber perdido la orientación aun viéndolo desde la distancia. Semejante aparición causa en los que la miran fijamente, accidentes al bajar del cerro, quizá todavía deslumbrados por el encuentro milenario que acaban de presenciar.

La maldición del cura José María de Rosales

La envidia es el sentimiento causante de tormentos que ni los mejores narradores fueron capaces de imaginar. Por ejemplo, al cura José María, de donde actualmente es Rosales, la envidia le aseguró el odio de un pueblo. Los habitantes de este lugar, Sus pobladores, dispuestos a destruir al sacerdote, lo culparon de asesinato en 1811, debido a un misterioso suceso en el que un hombre pierde la vida dentro de su parroquia. Acusado de unirse a movimientos civiles y de entrometerse en la vida de los pobladores, el cura fue visitado por un representante de la autoridad para corroborar su inocencia; pero como éste era el mencionado fallecido, causó la repulsión del pueblo hacia la figura del párroco. Es así como provoca su destierro a pesar de que nunca pudo comprobarse su culpabilidad. A esto el desesperado cura responde con una maldición que causa la muerte de aquellos que lo hicieron caer y lo alejaron del pueblo que lo vio crecer.

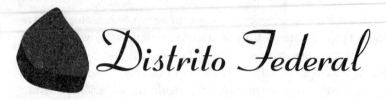

Distrito Federal

El águila, la serpiente y el nopal

Basada en una crónica del siglo XVII, esta leyenda fundacional del país y parte esencial del escudo nacional narra como Cuaucohuatl y Axolona, dos guerreros aztecas, fueron encargados de salir a buscar el territorio imaginado para el nuevo reino de Huitzilopotchtli, así como de haber sido afortunados al encontrar la señal. Cuenta la historia que durante tres siglos, hasta 1325 cuando se cree que dicha señal fue hallada, esta búsqueda fue parte esencial del mandato de la divinidad, que intentaba establecer su legado en una nueva zona y así alejarlos de su región original, Aztlán (actualmente Nayarit), con el fin de fundar Tenochtitlan. Las indicaciones que se siguieron hablaban de la aparición de un nopal de cinco pencas ubicado en las inmediaciones de una laguna. En él, se observaría un águila real mientras devoraba una serpiente; ya que en el interior de dicho nopal permanecía guardado el corazón de Copil, sobrino de Huitzilopotchtli, quien fuera mandado asesinar por traición a su tío, hecho que dio inicio a la profecía azteca. Usado en distintas épocas, este emblema nacional ha ido variando con el tiempo, son diversas las interpretaciones dadas a sus elementos. La difusión estatal habla de la comunión entre el sol, representado por el águila, y la tierra, simbolizada por la serpiente, dentro de un paisaje que se identifica fácilmente como mexicano. La historia guarda las distintas fechas y progresos del escudo; el 12 de marzo de 1968 es una de las más importantes al admitir, mediante un decreto emitido por el presidente Gustavo Díaz Ordaz, la imagen que se conoce actualmente.

La Llorona

Con distintas versiones, las cuales apuntan principalmente a épocas prehispánicas que señalan su origen en la diosa Cihuacóatl, la leyenda de la Llorona es un clásico mexicano.

Se dice que la leyenda inicia en la zona de Xochimilco. En el siglo XVI, este relato colonial cuenta cómo después de las ocho de la noche, luego de las campanadas del toque de queda, una mujer fantasmal de largo velo y vestida de blanco —elemento siempre común en todos los mitos a su alrededor— aparece por las calles de la Plaza Mayor, gritando su reconocido "¡Ay, mis hijos!". Éste se debía a que sus vástagos fueron asesinados como resultado de su amorío con un conquistador español, luego de lo cual ella se suicidó. Así, se cuenta que su alma pena por las noches y desaparece al amanecer en el lago de Texcoco.

El puente del clérigo

En 1649, en Santiago Tlatelolco, el sacerdote don Juan de Nava vivía con su sobrina Margarita Jáuregui; una hermosa muchacha perseguida y enamorada por el caballero portugués Duarte de Zarraza. Su vivienda se ubicaba al pie del puente de Texontloli —ahora 7ª y 8ª calles de Allende, cercanas al mercado de la Lagunilla—. Vivían una vida tranquila hasta que, al conocer el pasado del caballero, el religioso decidió prohibir el noviazgo de la pareja, lo cual causó la ira De Zarraza. El caballero decidió raptar a su amada como respuesta a la prohibición. Cuentan que la noche en que Duarte fue por su amada, se encontró a don Juan, quien le reclamó su presencia, mientras De Zarraza le clavó un puñal en la cabeza, arrebatándole la vida para después tirar su cuerpo debajo del puente muncionado. Meses después, relatan, Duarte regresó por Margarita, pero al llegar al lugar fue estrangulado por el esqueleto del sacerdote. Se encontró a los dos por la mañana. De esta manera, se consumó la venganza.

La Planchada

El escenario constantemente cambia, pero siempre concurre finalmente en un hospital. Esta leyenda, que ha recorrido varios estados del país, inició en el Hospital Juárez. Este mito capitalino, uno de los más clásicos, narra la historia de Eulalia, una pulcra y responsable enfermera que, al enamorarse de un joven médico de nombre Joaquín, selló su destino y el de miles de pacientes ligados a su presencia espectral. Cuentan que, enamorada del doctor, Eulalia se volvió loca cuando Joaquín la abandonó para contraer matrimonio. Este hecho la llevó a la depresión y al descuido de los enfermos, lo cual provocó la muerte de éstos. Eulalia se suicidó poco después. Ahora, apenada por dejar morir a sus pacientes, la enfermera regresa para continuar cuidando a los desahuciados de la ciudad.

La mujer del Escuadrón 201

Una mágica y extraña mujer de procedencia desconocida acecha los hangares militares de la ciudad. Detallan que durante la Segunda Guerra Mundial, México apoyó al ejército estadounidense con la tropa aérea "Águilas Aztecas", después conocida como el Escuadrón 201, usado para combatir en Filipinas. Narran que días antes del combate, dos de los pilotos comenzaron a perder peso repentinamente, y tenían incontables discusiones por las noches. Su historia termina con un extraño accidente aéreo en el que ambos perdieron la vida. Al momento de revisar sus pertenencias con el fin de entregarlas a sus familiares, el encargado encontró decenas de cartas de amor en los casilleros de los soldados. En ellas, con la misma letra y firma, una mujer prometía delicias y placeres al que regresara vivo de la batalla. A pesar de la búsqueda de su paradero, de ella nada se supo; ahora en los hangares se escucha el susurro de una voz femenina que sigue buscando halagar a los pilotos que por ahí aparecen, esperando quizá una nueva guerra para hacerse presente.

Durango

La leyenda del alacrán

La curiosidad por el origen de ciertos animales ha llevado al mexicano a buscar respuestas en los relatos populares. Una de las criaturas más polémicas, el alacrán, también es conocido como el espía del diablo, además de estar relacionado con varias divinidades, entre ellas el dios de los muertos, Mictlantecuhtli. Escondido debajo de una piedra, preparándose para aguijonear a quien sorprenda la noche, este animal, símbolo del dios del fuego Xiuhtecuhtli (debido al dolor ardiente que produce su picadura), es motivo de decenas de supersticiones y conjuros que han dado vida a relatos duranguenses como el de Yappan.

Yappan, un sacerdote decidido a realizar una dura penitencia en la conocida piedra sagrada de Tehuéhuetl, alejado de su esposa Tlahuitzin, realiza una promesa de sobriedad y castidad a los dioses. Éstos confían en él gracias a su fama de hombre sabio; deciden realizar una última prueba para reconocer su fidelidad enviándole a Tlazoltéotl (la diosa del amor impuro), con la misión de enamorarlo perdidamente. El hombre cae de manera irremediable en brazos de la diosa, casi al primer instante.

Al ver el resultado de su prueba, las divinidades decidieron castigarlo por su falla, enviando al enemigo de Yappan, Yáotl (un dios como Tezcatlipoca) para que le cortara la cabeza a él y su mujer Tlahuitzin. Cuenta la historia que al caer al piso, con los brazos extendidos, de bruces y sin cabeza, Yappan fue convertido en el primer alacrán —uno de color negro, a diferencia de su esposa que fue transformada en uno rojizo— para correr después lleno de vergüenza a esconderse debajo de Tehuéhuetl, la piedra sagrada en la que realizaba su penitencia, destinado a permanecer así por años, debajo de la roca, para olvidar la desgracia que dio fin a su vida.

El corralón encantado

Las puertas que se abren para evidenciar mundos de oro sólo se muestran una vez al año durante breves minutos. Cada Jueves Santo en el cerro del Mercado —también conocido como la montaña de hierro— se presenta, para el "afortunado" que haya localizado la entrada en la llamada Cuesta de la Cruz —o para aquel inocente que sin querer cae cerca de ella—, la oportunidad de acceder al legendario corralón encantado, una de las historias más contadas de los alrededores de Durango.

Se cuenta que al adentrarse al famoso corralón, todo lo que ahí se ve está hecho de oro, lo cual obviamente provoca la avaricia de quien logra entrar. La famosa cueva está vigilada por una hermosa joven que exige la permanencia absoluta y que no permite que alguna manzana, piedra o joya de oro salga de ahí. Relatan que han sido varios los que han desaparecido ante tal prueba, negociando su vida a cambio de vivir rodeados del preciado metal. La tentación es, así, el motivo de tal encanto.

La cueva colorada

El hombre constantemente busca regresar a las cuevas como si hubiera en ellas algo olvidado miles de años atrás. Se dice que cerca de Otinapa y río Chico, en las inmediaciones de la hacienda de San Carlos, existen incontables túneles que llevan por debajo de la tierra, entre grandes vetas de almagre, a cuevas llenas de tesoros que el tiempo ha sabido ocultar. Uno de estos túneles conduce a la llamada cueva colorada. Esta leyenda, la cual data de la época revolucionaria, cuenta la historia de una cueva de particular color rojizo a la cual se puede entrar sólo por un pequeño agujero, que aparece en distintas partes de la zona. Este agujero lleva hasta un cuarto escondido lleno de riquezas coloniales. Los que han podido dar con ella, señalan que el problema no es entrar, sino salir, ya que un misterioso personaje vigila los alrededores y acompaña a cada persona que entra hasta la salida, convenciéndola de ser un hombre de pueblo que ha acudido a su rescate, y alejándola para siempre de la fortuna.

El niño que habló al nacer

Cuentan que cerca de un poblado de Santiago Papasquiaro, en una airada tarde de verano acontecida en los primeros años de la Revolución, nació un extraño niño que llamó la atención de todo el pueblo y sus alrededores. Ni su rostro ni su cuerpo eran objetos de sorpresa, si no una particularidad jamás vista, misma que fue atribuida a un jugueteo del Diablo. Dicen que el bebé, apenas transcurridos cuatro días de su nacimiento, comenzó a balbucear palabras que, después de una semana, se convirtieron en extensas y coherentes frases que permitían mantener una acalorada conversación, como si se tratara de un letrado al habla. Narran que de su garganta salía, como por arte de magia, una fuerte voz que impactaba los oídos de quien se aparecía ante él. No sólo fue la sorpresa por el hecho mismo, sino sus irreverentes palabras, las cuales, junto con lo maligna que resultaba su presencia, fueron causantes de un escándalo en el pueblo. La gente, decidida a terminar con el extraño ser, exigió su muerte, por lo que fue degollada sin decir nada más.

El tesoro de Tomás Urbina

Con la Revolución ya encaminada por todo el país, el 18 de noviembre de 1913 el general villista Tomás Urbina, junto con 600 de sus hombres, dio el primer paso para sitiar Durango y lograr con ello el apoyo de una nueva plaza alrededor de la república. Planeaba con esto juntar más gente, tan necesaria a esas alturas. Para la pelea que comenzaba a tomar forma, cuentan que el combatiente Urbina, perteneciente a la denominada División del Norte, a su paso por Durango fue rescatando la mayor cantidad de riquezas y vació durante días las casas de los más ricos personajes, de modo que logró recaudar toneladas de oro y plata con el fin de repartirlas, pero envió sólo una pequeña parte del botín a Villa. Dicen que durante días buscó sitios para enterrar el tesoro, y que encontró en el panteón el lugar perfecto para ocultar la que podría ser una de las riquezas más importantes en la historia de este país.

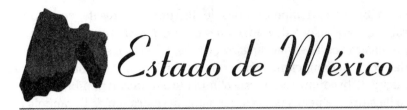

Estado de México

Nezahualcóyotl

Hombre de grandes palabras y tangible sabiduría, el príncipe de Texcoco es digno de incontables páginas que cuenten hazañas, visiones y teorías de una de las figuras más importantes de la historia mexicana. Luego de ver caer el reinado de su padre Ixtlixóchitl, en manos de Tezozómoc, rey de Azcapotzalco, tuvo que huir por años, perseguido por la ira y las flechas del nuevo monarca. Oculto en Tenochtitlan, después de permanecer encerrado en Chalco bajo la orden del rey Toteotzintecuhtli y luego de su liberación por el hermano de éste, Quetzalmacatzin, el príncipe sin trono permaneció bajo la protección de su tío, Chimalpopoca. Así, continuó su educación con un particular interés en las artes, por lo que dio el primer paso para consolidar un rasgo que posteriormente le sería muy alabado: la poseía. Con la venganza haciéndole cosquillas, Nezahualcóyotl se encargó de dar muerte a Tezozómoc, quien había dejado ya a su hijo Maxtla en el trono. La furia del pueblo mexica por la muerte de Chimalpopoca a manos de Maxtla fue la chispa que encendió la batalla y motivó la reconquista del pueblo de Tetzcuco (Texcoco). Dice una de las leyendas que tiempo después de que su padre falleciera, los hombres búhos vinieron por Nezahualcóyotl para llevarlo al Poyauhtécatl, monte del señor de la niebla, para realizar penitencia y hacerle saber lo que designaba su futuro. El mensaje decía: "Así, para ti, en tu mano, habrá de quedar la ciudad". Con esta frase da inicio la búsqueda de Nezahualcóyotl por recuperar Texcoco y reconstruir su pueblo, por medio de la belleza de la arquitectura, las letras y las artes.

La peña de Jilotepec

Relatan que en la peña de Jilotepec, miles de años atrás, entre bosques de encinos y extensas cadenas de montañas, existió un paraíso. Éste se edificó en un pueblo elegido para ser llenado de privilegios que nunca se han visto ni se verán; en el que la abundancia y la felicidad fueron parte del extenso regalo que los dioses realizaron a sus adoradores. Cuentan que sus habitantes, tiempo después de disfrutar este regalo, comenzaron con los abusos y degradaciones del lugar, motivo suficiente para provocar el castigo y la venganza de divinidades, las cuales, iracundas por tal corrupción, decidieron convertir a toda la población en piedra. Este conjuro sólo sería eliminado cuando un hombre honesto llegara a las peñas para cargar a una hermosa mujer, llevándola a cuestas hasta la capilla sin voltear ni una vez los ojos; ello a riesgo de convertirse en piedra. El encanto sigue hasta la fecha. Cada 3 de mayo, se dice, las piedras de la peña despiertan para darle oportunidad al pueblo de vivir alegremente por un día.

Los bandidos de Agua Zarca

A todo galope, perseguidos por la justicia, los ladrones tomaron una decisión: enterrar el tesoro dentro de una cueva escondida en el barranco cercano al rancho de Agua Zarca, por Valle de Bravo. Ligeros de carga, continuaron su viaje sin percatarse de que sus perseguidores los habían acorralado; poco después les dieron muerte. Al descubrir que no había riqueza alguna, se buscó por todo el barranco algún indicio del tesoro, sin resultado. Ha pasado un siglo de ello, y hasta la fecha, muchos de los hombres que han buscado las riquezas ocultas cuentan que al comenzar a escarbar en la tierra, la fuerza de varios gritos subterráneos asusta al que maneja la pala. Se cree que se trata de la presencia espectral de los ladrones que aún cuidan su tesoro, disfrutando en muerte la cosecha de su vida.

El Cristo del perdón

Traído desde España con el fin de agradecer la absolución de la condena de un afortunado fugitivo, este venerado Cristo de la zona de Temascaltepec, en el Estado de México, figura en la historia de un ladrón que después de ser capturado en Zacatecas y puesto en prisión, logró huir de la cárcel. Luego de semanas en largas caminatas, explican que el ex prisionero llegó a las faldas del Nevado de Toluca para resguardarse en una cueva. Días después, la fortuna le sonrió. El prisionero encontró una veta de plata con la que pudo negociar su libertad. Dicen que a cambio de dar la ubicación exacta del lugar, el ladrón pidió libertad, pensando en disfrutar lo que había hurtado. Una vez que le fue otorgado el perdón por el mismo virrey Antonio de Mendoza, el relato finaliza hablando de las riquezas de este prisionero ahora convertido en minero quien, como agradecimiento a la tierra que le dio el perdón, mandó traer este Cristo, símbolo del pueblo de Temascaltepec en la actualidad.

Coatepec

Origen de múltiples relatos ligados al pueblo de Ixtapaluca, el cerro de Cuatlapanca, en Coatepec, defiende a capa y espada un relato antiguamente atribuido a otras regiones del país. Dicha narración cuenta cómo en sus inmediaciones la diosa Coatlicue decidió dar a luz en las faldas del cerro a su hijo Huitzilopochtli, reconocida divinidad. Esta historia, misma que también se le atribuye a Tula y Huichapan, narra cómo al nacer el dios el universo cambió y cómo, con su simple llegada al mundo, entre las dos colinas del Cuatlapanca, causó la desgracia de su madre, quien fuera partida en dos luego del alumbramiento. Del cerro, también se relata la existencia de una serpiente cubierta de hermosas plumas verdes que al partir hacia otros rumbos, dejó marcado, con un extraño tinte blanco, el camino de la montaña por donde pasó.

Guanajuato

El Pípila

Un objeto tal como una puerta puede hacer la diferencia en la historia de un país. Derrumbarla o perderlo todo implicaba la sutil diferencia para el ejército insurgente de Miguel Hidalgo, quien, el 28 de septiembre de 1810, decidió tomar la Alhóndiga de Granaditas como parte de su plan de insurrección. Cuentan que después de horas de intentar entrar a la bodega de granos y semillas sin éxito, el cura y sus ayudantes tomaron la decisión de enviar a uno de sus hombres hasta el portón con el fin de quemarlo y así poder llegar a su meta.

La misión fue encomendada a Juan José de los Reyes Martínez Amaro, más conocido como El Pípila, quien fuera un minero guanajuatense incorporado a los insurgentes. Se dice que su apodo le vino gracias a la semejanza de su risa con el graznar de un guajolote, animal conocido también como Pípila, y la segunda, que habla de las pecas de Juan, semejantes también a las manchas de dichos animales El minero conocía muy bien la bóveda al ser compadre del intendente Riaño. Armado con una antorcha y llevando a cuestas una enorme losa con la que se protegía de la pólvora que desde arriba buscaba tumbarlo, Juan José llegó hasta la entrada del lugar, con el fin de quemar la puerta de la Alhóndiga de Granaditas, misión que duró casi dos horas, hasta que la puerta venció y abrió las posibilidades del éxito para los insurgentes. La historia cuenta que luego de acceder a la Alhóndiga, los insurgentes arrasaron con los alimentos. El Pípila, quien falleció en 1812, logró, al concretar su misión, un lugar especial en la historia mexicana, señalado como uno de los hombres que lograron liberar al país del yugo español que hasta entonces acontecía.

El callejón del beso

Dicen que hay amores que se juegan la vida en cada encuentro, como el de Ana y Carlos, quienes dan pie a una de las leyendas más difundidas de la ciudad de Guanajuato. Conocida en el país entero como la leyenda del callejón del beso, la historia narra cómo los enamorados, separados por la decisión del padre de Ana, un hombre violento y avaricioso, se vieron obligados a luchar por encima del mandato de aquel hombre, lleno de ideas de riqueza y poder, quien buscaba enviar a su hija a España para casarla con un viejo hombre rico de aquel país. Cuentan que Ana, con tal de ver a su amado y encontrar una solución, decidió junto con su nana, comprar la casa que miraba a una de las ventanas de su hogar, la cual daba a un estrecho callejón, con lo cual quedaron los amantes a escasos metros uno del otro. Al descubrirlos, el padre decidió, daga en mano, dar muerte a su hija, carcomido por la idea de verla con aquel hombre. Con una de sus manos posada en la de Carlos, Ana murió en aquel instante. Carlos, quien miraba, atónito, desde el otro balcón, sin poder hacer algo para impedir el asesinato, se resignó a tener como última opción besar la fría piel de su compañera.

El callejón del truco

Aquel que juega con el Diablo puede perderlo todo, víctima de la sabiduría y maña de tal personaje. Se cuenta que el alma arrepentida de don Ernesto, uno de los hombres más ricos del antiguo Guanajuato, continúa lamentando aquella partida jugada en la casa de juegos del callejón del truco. Narran que luego de una terrible noche llena de pérdidas en la que vio caer todo lo que había obtenido en su vida, (desde propiedades hasta joyas) el hombre, sin darse cuenta con quién jugaba, fue tentado a apostar algo con lo que podía recuperar todo lo que había dejado entre cada baraja. La apuesta fue: su esposa a la carta mayor. Momentos después de aceptar, el hombre se quitó la vida, ahorcándose, pues su mujer y sus ánimos de vivir se los había llevado el Diablo.

La plazuela de Carcamanes

Parece que la historia de Caín y Abel seguirá repitiéndose eternamente, destinada a permanecer como espada sobre el cuello de aquellos que por poder, riqueza o faldas, están dispuestos a dar fin a la vida de su hermano. Cuenta la leyenda que los hermanos Nicolás y Arturo Karlkaman, provenientes de Europa y bautizados por el pueblo como Los Carcamanes, llegaron a nuestro país para hacer una gran fortuna. Llevaban una vida de tranquilidad aparente hasta el 2 de junio de 1803, día en que se les descubrió muertos en su casa llena de sangre, anunciando una tragedia que a primera vista parecía un simple asalto. En la misma casa, en uno de los cuartos aledaños, se encontró también el cuerpo de una bella mujer atravesado por un puñal en el corazón; se dice que fue amante de los hermanos. Se cree que este hecho provocó la locura en Arturo, quien después de una fuerte discusión dio fin a la existencia de su hermano Nicolás y a la de la mujer, para luego ir hasta su recámara y acabar con la suya de una manera por demás violenta; hasta la fecha, las tres almas recorren la plazuela cercana al escenario del crimen, conocida como la plaza de los hermanos.

La cueva encantada

El dominio del tiempo y sus misterios son constantemente la base de incontables relatos. Cuentan que en una cueva perdida en los cerros que enmarcan Guanajuato, las horas pasan como segundos mientras el mundo camina a su habitual velocidad. Dicen que quien encuentra esta mágica máquina del tiempo fabricada por la naturaleza, puede pasar varios minutos, o en el peor de los casos horas, buscando la salida. Lo interesante es que al encontrarla, el aparente afortunado regresa como si nada hubiera pasado, para encontrarse con que el mundo conocido ha cambiado por años y nada de lo que fue, es. Se gana así una vida sin sentido, destinada a todo aquel que entra a la cueva encantada, ahí donde el tiempo termina por reírse del hombre.

Guerrero

Acapulco

Ésta es la historia de dos enamorados que, separados en vida por las diferencias entre sus familias, vuelven a unirse después de la muerte para la eternidad, leyenda que abarca innumerables páginas de los relatos del mundo. No es México la excepción. Una de las más famosas, ubicada en el estado de Guerrero, narra el origen del nombre de la región y sus fundadores: Acapulco. Se cuenta como Acátl (Carrizo), hijo de uno de los líderes de la tribu náhuatl, en sus días de recorrer los caminos buscando esposa, tuvo la fortuna de encontrarse con la mujer que le cambiaría los días. De larga cabellera y grandes ojos, Quiáhuitl (Lluvia) se presentó ante él, abarcando su atención por horas hasta que, decidido a cambiar su suerte, se acercó. Hija de un importante hombre de la tribu rival Yope, desterrada de los terrenos que ahora ocupaban los náhuatl, Quáhuitl fue amenazada por su padre, quien, furioso por el origen de Acátl, la obligó a no ver más a su enamorado y la amenazó con que si este regresaba a sus tierras, él lanzaría una maldición que daría fin a su vida. Cuentan que Acátl, resignado a sufrir los ataques, corrió a ver a la mujer con la que quería casarse, y que fue castigado por lo antes advertido. Al derramar sus primeras lágrimas, Acátl comenzó a disolverse, para después convertirse en el lodo que engendraría la vida de cientos de carrizos. Como venganza, el padre del joven decidió castigar también a Quiáhuitl, a quien sin previo aviso convirtió en una extensa nube, la cual al viajar por la costa descubrió los carrizos descendientes de Acátl y, furiosa, se arrojó como tromba sobre ellos, perpetuando así la unión eterna que dio vida al nombre de uno de los puertos turísticos más importantes de México, Acapulco (Acátl-Quiáhuitl).

El monje chino

Antes que cualquier español, un chino pisó suelo mexicano. Al menos eso narra esta historia que nos muestra cómo el arroz, alimento indispensable en las mesas mexicanas, llegó a nuestro país en un inusual trueque. Se cuenta que el primer extranjero en pisar costas guerrerenses fue el chino Fa Hsien, quien en el año 417 d. C. llegó a esas tierras con la intención de establecer contacto con los nativos. Son los indios nahua los primeros con los que se encontró. Comenzaron un trueque que se extendió en varias visitas: uno en el que el arroz y hermosas telas eran intercambiadas por maíz y piezas preciosas. Conocedor de gran parte del territorio guerrerense, cuando el chino regresó a su tierra de origen, contó todos los detalles de su visita a los suyo,s refiriéndose al sitio del que regresaba como Ye Pa Ti, cuya traducción resulta "lugar de las aguas hermosas"

El tamarindo embrujado

En el estado de Iguala, cuando el anillo de compromiso no llega, después de tanto esperar, las féminas toman mágicas decisiones. Se cuenta que las mujeres casaderas de la zona, durante años, han recurrido a un árbol de tamarindo ubicado dentro de la zona turística de los 32 tamarindos, con el fin de conseguir de sus vainas un poco del fruto que les permitirá crear el brebaje para embrujar forasteros. Así se provoca el apresuramiento de la petición de matrimonio que tan celosamente aguardan. Preparado con agua, el tamarindo les permite cumplir su sueño y llegar al altar con la única condición de conseguir un beso del hombre elegido, con lo cual sellan el amor eterno que el visitante debe profesar a la encargada de la poción.

El aviador

Reconocido como uno de los hombres más ricos y poderosos de la historia moderna, el empresario estadounidense Howard Hughes eligió el puerto de Acapulco para dejar viva su leyenda. Recluido a su voluntad en un piso del Hotel Princess, luego de una vida de excentricidades (entre las que se encontraba su compulsiva obsesión por la limpieza), el millonario, dueño de varias líneas aéreas importantes en el siglo pasado, y también uno de los productores con mayor inversión en Hollywood, eligió el puerto para pasar sus últimos días encerrado en el hotel, en completa soledad. Se cuenta que desde su llegada al país todo fue un misterio, incluida su muerte. Se relata que Hughes falleció en este mismo hotel, pero, al ser buscado por distintas agencias de inteligencia, para evitar conflictos internacionales, fue subido a un avión y registrado como vivo, con lo que se evadió los conflictos que causaba la muerte del hombre en México.

La leyenda de la boca del diablo

Como la fuerza del grito de cientos de almas al unísono, las cuales esperan ser salvadas del tormento de aquel pozo, así, dicen, es la sensación que tienen aquellos desafortunados que durante la noche encuentran en su camino el conocido Pozo Meléndez. Cuentan que durante muchos años, este oscuro agujero ha sido conocido por sus leyendas de infinita profundidad. Se cuenta que es un canal directo al infierno. La leyenda más conocida sobre el lugar es aquella que relata cómo durante el mandato del gobernante Meléndez, los delincuentes eran condenados directamente al pozo, así evitaban la cárcel y eran arrojados vivos a una caída infinita. En el lugar se junta una gran cantidad de energía negativa, la cual se materializa en un aullido que enloquece los oídos desafortunados de cuantos pasan por la también llamada boca del diablo.

Hidalgo

Macazahua

El oficio del periodista es más antiguo de lo que se cree. Cuenta la leyenda del pueblo de Maghotsi, ahora conocido como Real del Monte, que Macazahua, un hombre sensato y viajero que aprendió a preguntar, fue elegido para recorrer los imperios de Perú a Canadá y traer de estos viajes los recuerdos que permitieran entender el mundo y sus creencias. Durante sus años de viaje, él reportó todos los secretos de la creación, dejando en evidencia la existencia de un mundo desconocido que no necesariamente estaba lleno de divinidades. Establecido en la Peña del Águila, ya de avanzada edad, su última tarea fue transmitirle su sabiduría a su hijo, llevándolo a la punta del monte para mostrar-le la razón del mundo; ahí le explicó la precisión del bien y del mal, su sana existencia y la ambivalencia misma de la naturaleza, resaltando la necesidad de la perfección espiritual. Macazahua le confió su último secreto; al hablarle sobre el triángulo natural, conocido como El Hilocheuna, zona sagrada en la cual la abundancia llegaría a sus habitantes y que les daría la libertad anhelada por tantos pueblos. Conformado por la mencionada Peña del Águila, donde fue enterrado este periodista, la montaña Zumate guarda en sus entrañas no sólo mundos de oro, sino también los secretos del universo.

Las noventa y nueve haciendas

Dicen que ni la tierra aguantaba la idea de soportar, por toda la eternidad, al malintencionado hacendado de Tulancingo, Pánfilo. Cuenta la leyenda que era una de las personas menos indispensables del mundo, era ávaro y torturaba a los trabajadores de sus muchas haciendas. Aplicaba la justicia de su propio machete: al que robaba, le cortaba una mano, al que traicionaba, la piel de la planta de los pies para luego ser ofrecido a los cerdos en carne viva. Distribuidor de pulque alrededor de la zona, comenzó a enloquecer cuando Benito Juárez tomó la presidencia del país, lo cual frustró su sueño de adueñarse de cien haciendas, ya que sólo llegó a noventa y nueve. Cercano a su muerte, Pánfilo continuó con su autoridad y se quedó solo al momento de fallecer, lo cual causó sorpresa, o al menos no tanta como lo que sucedió después. Día tras día, luego de su entierro, detallan cómo aún se podía ver el féretro fuera del hoyo, casi lanzado por las raíces. Se dice que al ver que la tierra no lo guardaría, decidieron tirarlo al cráter el Yolo; al ser arrojado, comenzaron a aparecer demonios que despedazaron el cuerpo, agradeciendo el manjar y adoptando a Pánfilo como uno de los suyos.

El cerro del Judío

En el nombre de la fe se han escrito grandes y terribles relatos. Uno de ellos narra la historia de Rodrigo de Lucerna, uno de los contadores más importantes de las minerías de Real del Monte. Se cuenta que Rodrigo vivía en una vieja casa en la punta de un cerro y que no convivía con nadie, hasta que un día fue descubierta la verdad. De fe judía, Rodrigo fue juzgado por el atuendo oscuro que siempre cubría su alargada y flaca figura, y por vivir regido bajo las leyes del catolicismo a pesar de su verdadera creencia. Hasta la fecha, la ubicación de su casa es conocida como el cerro del Judío.

El Cristo del Santo Entierro

Por caminos llenos de soledad que el arriero nunca conoció, el burro caminó día tras día sin parar, como si conociera su misión, como si sintiera el peso de la carga que a sus espaldas habían depositado. Su misterioso andar aún sigue siendo motor de las intrigas que se escuchan en el pueblo. Relatan aquellos que hace mucho vieron pasar este animal con esa mirada característica de las bestias en libertad, que sin inmutarse por la gran caja que en el lomo le bailaba, haciendo caso omiso ante cualquier silbido de cariño o al suculento ofrecimiento de sobras de comida, se dirigió a la iglesia de Tepejí a descansar. Al llegar al recinto, el asno cayó sin poder levantarse hasta que se le desprendió el pesado paquete que traía a espaldas, dentro del cual se encontró un particular Cristo, de procedencia desconocida, el cual es guardado hasta la fecha y venerado como el Cristo del Santo Entierro, y cuyo festejo es los Viernes Santos mediante una procesión en silencio, similar a la del abnegado asno que lo transportó..

Las brujas de Hidalgo

Entre las voces que resuenan por los rincones de Hidalgo, se comenta que ante la llegada de la oscuridad, cientos de brujas aparecen por todos lados convertidas en guajolotes, con la particularidad de tener una sola pierna. Buscan bebés que puedan mantener con vida su atormentado espíritu. Estos seres eligen a las madres que evitan seguir los consejos del pueblo. Algunos dicen que si las brujas son descubiertas, tienen que revelar el secreto de su transformación: amarrarse un cabello alrededor de una pierna; entonces ésta se transforma en un guajolote capaz de volar por los cielos, en su afán por conseguir la sangre humana de recién nacido que pueda saciar el instinto que las hace vivir.

Jalisco

La historia de fray Juan Calero

Marcada por un trágico final, la vida del padre español Juan Martín Calero fue traicionada por el mundo que trató de reconstruir, siendo asesinado por los rebeldes de la región. Este padre, considerado un amigo de los indígenas de la zona, formaba parte de la orden del sacerdote Antonio de Cuéllar. Su historia cuenta cómo este cura de origen español, acostumbrado a evangelizar áreas cercanas al convento de Etzatlán, en las inmediaciones del cerro de Tequila y en la laguna de Magxialena, fue considerado como emisario y misionario del gobierno español para establecer un contacto pasivo con los indígenas que comenzaban a sublevarse, cerca del año 1541, en las zonas del cerro. Se dice que el 10 de junio del mismo año, Calero acudió hasta los líderes rebeldes para llevar el mensaje de paz y buscar una respuesta positiva por parte de los guerreros, los cuales, molestos por su posición, decidieron alejarlo de la zona con una negativa. Dicen que al bajar por el cerro, el fraile fue sorpresivamente atacado por los extremistas de la zona quienes, palo en mano, esperaban su llegada como pretexto para mandar un mensaje de rebeldía a los conquistadores españoles. La leyenda dice que perdió la cabeza para luego ser mostrada sobre de un ídolo local, como reflejo de los castigos que tuvo que pasar. A pesar de su buena voluntad en la misión evangelizadora, fue sometido como un aparente traidor que, luego de ser considerado parte de la comunidad, fue acusado como delator de la rebelión que siempre protegió.

Don Ferruco

La extraña suerte marcó desde siempre la vida de Rosalío Jaso, mejor conocido como Ferruco. Nacido sordomudo y convertido en leyenda del estado gracias a las narraciones que contaban aquellos que lo vieron vivir cerca del barrio del Jicamal, luego de llegar de su pueblo natal en las barrancas de Atenquique. Este singular personaje ha llegado hasta lo más profundo de lo popular —el refranero del pueblo—, pues es considerado como un Ferruco aquel que tras de la desgracia encuentra, cuando menos lo espera, la sonrisa de la fortuna. Protegido desde pequeño por las familias más acaudaladas de Jalisco, debido al carisma que al caminar emanaba, el pequeño Ferruco encontró a su disposición una ciudad entera que de par en par le abría las puertas de comercios, cines y restaurantes sin un solo peso de por medio; lo cual le permitió vivir toda su vida en plenitud, pues fue querido por todos hasta sus últimos días, en los que se le continuó viendo rondar la plaza de armas, buscando cortejar a cuanta mujer bella se le atravesara por el camino.

La carreta de Mexicaltzingo

Las promesas realizadas en el altar pueden convertirse en humo, pero nunca se olvidan. Al menos, ésa es la esencia de este relato, que narra cómo Joel, un acaudalado hombre conocido por su afición a la tiranía, cierto día contrajo una enfermedad extraña que lo llevó a la cama, y a estar muy cercano a la muerte. Por mares y cielos buscó cura o poder que lo ayudara, hasta llegar finalmente a la resignación milagrosa. Llamó así al cura del pueblo para pedirle sus rezos; a cambio de su curación, él construiría la iglesia que el pueblo siempre soñó. El párroco de Mexicaltzingo accedió a dedicar sus rezos al hombre, el cual comenzó a sanar al poco tiempo, siendo cumplido el milagro y la promesa olvidada. Años después el hombre falleció, y se dice que su promesa fue cobrada sin que su alma pudiera descansar en paz, ya que cuentan que en la iglesia del pueblo se puede escuchar una carreta que lleva piedras, la cual es dirigida por este hombre que lamenta su falta de compromiso.

La tumba de las rosas

Una extraña tumba adorna el panteón. Nunca le faltan oraciones ni flores. No importa si alguien las cuida o las renueva, el caso es que éstas siempre lucen esplendorosas alrededor de la fosa donde yace la mujer que da vida a este relato. Cuentan que Rosa María, un día después de caminar largamente entre la ciudad y el campo, a fin de vender sus productos, encontró tirado un viejo crucifijo roto, el cual llevó hasta la iglesia para bendecirlo, tomando la decisión de no arreglarlo, pero sí llenarlo de flores. Cada día cumplió esta acción, hasta que un paro cardiaco le arrebató la vida. Se dice que en su lecho, esta mujer

relató que el Cristo del crucifijo le habló y le prometió, en agradecimiento, llenar su tumba de flores durante toda la eternidad, hecho
que relatan sucede en la tumba de la mujer ubicada, en la zona de
Juanacatlán, para sorpresa de todo aquel que observa cómo las ro-
sas engalanan su última morada.

El charco verde

La historia del charco verde cuenta cómo los hombres tenían que
encargarse largamente de la limpieza de las calles, durante los diluvios en los que las casas cercanas a la zona de Juanacatlán eran
destruidas por el nivel del agua del río. Justo ahí comienza la leyenda
del charco verde, ubicado debajo de las barrancas que enmarcaban el
pueblo, al cual acudían los hombres cargando un tributo de comida y
bebida para ofrecerlo como intercambio a una tribu, la cual habitaba
entre los árboles de la región. Dicen que si se lograba satisfacer a su líder, este ofrecía como intercambio a uno de los suyos para convertirse en trabajador, que era muy eficaz al avanzar las obras más rápido
que cualquiera, a pesar de su corta estatura. Sólo había una condición: el trabajador que se llevaban jamás podía permanecer sin co-
mer, ya que si esto sucedía, una maldición haría que cada alimento
que el hombre quisiera probar se pudriera al entrar en su boca, por
lo que moriría meses después por falta de alimentación, como castigo a su distracción.

Michoacán

Eréndira

Conocida por su apabullante sonrisa, la cual atraía las miradas de todo
aquel con el que se cruzara, Eréndira —cuyo nombre en purépecha
(Erendirha) significa "mañana risueña"— era la hija de Tangaxuán II,
el último gobernante de Tzintzuntzan, pueblo ubicado en la meseta
tarasca de lo que hoy se conoce como el centro de Michoacán. Este
gobernante fue capturado por los conquistadores españoles, para
luego ser arrastrado por un caballo hasta desangrarse y morir. Tan-

gaxuán vio el comienzo de la caída del imperio purépecha en 1521, cuando la hija de éste comandó una última rebelión. Cuentan que desde pequeña, la princesa resaltaba por su trato y calidez, así como por su inteligencia, y que con el paso de los años se convirtió en un emblema femenino en esta tierra de pescadores. Audaz y segura de sí, es retratada como una de las principales estrategas de la rebelión purépecha, la cual, luego de robar un caballo a los soldados españoles, incitó al pueblo a combatir contra los conquistadores europeos como venganza por lo hecho a su padre y al imperio. Convenció así a los líderes de tribus aledañas para participar en la resistencia que ella comandaba. Narran que largas fueron las jornadas en las que, a pesar de su esfuerzo, los purépechas iban siendo derrotados. En 1529, la princesa Éréndida murió y los españoles pudieron consolidar su misión; sin embargo, a pesar de su derrota, logró dejar en el campo el alma de diez mil soldados, que vieron su suerte echada ante el poder de esta mujer.

María Kachacha

Cuentan en Paracho, Michoacán, que muertos sus padres al nacer, María Kachacha además de huérfana quedó desamparada, y que fue vista como una carga para el pueblo. Usada como esclava para traer agua desde Aranza hasta Paracho, siempre era castigada por los que ahí vivían debido a la lentitud con la que los proveía del líquido, hasta que un día su suerte cambió. Caminando en búsqueda de agua, María encontró un naciente ojo de agua del que brotaba una cantidad de líquido que le permitía tardar menos tiempo y transportar más cubetas a su destino. Espiada por los vecinos para conocer el cambio radical de su productividad, descubrieron el ojo de agua y acudieron así ante el sacerdote del pueblo. En conjunto, decidieron capturar a María, limpiarla y llevarla hasta el ojo de agua, para luego arrojar dentro su cuerpo con vida; ello con el fin de mantener ahí a la pobre María hasta que perdiera la vida y consolidar la vieja creencia que dice que si se tira un alma a un ojo de agua recién descubierto, éste jamás dejará de dar líquido en agradecimiento a la ofrenda recibida.

La cañada que llora

Esmeralda, Rubí y Perla causaban a su paso el alboroto juvenil del pueblo. Hijas de Antonieta Barragán, patrona y dueña de la Hacienda La Mancuerna en Los Reyes, ubicada en la zona de Uruapan, eran asediadas por los padres de toda la región, y de otros estados, que buscaban casarlas con sus adinerados hijos. Cuentan que durante una fiesta, las tres hijas fueron secuestradas por uno de los hombres que había llegado al evento, sin volver a ser vistas a pesar de la búsqueda que su madre organizó. Después de meses sin tener noticias de sus hijas, la señora enloqueció y murió. Detallan que debajo de la hacienda, después de su muerte, nacieron los ahora conocidos Chorros del Varal; tres grandes fuentes de agua, una por cada hija, que según se dice son las lágrimas de Antonieta, la cual continúa lamentándose desde la profundidad de la tierra.

La princesa Atzimba

Dentro de los refranes populares, suele escucharse "tomar las de Villadiego", el cual no sólo se refiere al irse sin volver o perderse sin dejar rastro alguno, sino que también hace referencia a una vieja leyenda purépecha. Ésta cuenta sobre la joven y bella princesa Atzimba, hija del líder Aguanga, la cual terminó por enamorarse del capitán español Villadiego, quien le correspondía, lo que causó la ira de su padre, uno de los comandantes de la resistencia de la región a la conquista de los europeos. Cuentan que al enterarse de la unión de su hija y el extranjero, Aguanga decidió desterrarlos de sus tierras, y les dio la orden de no regresar jamás. Encerrados en una cueva, tapada con grandes rocas, los enamorados pasaron sus últimos días abrazados. Fueron encontrados el día que se reabrió esta angosta tumba; sus esqueletos ponen punto final a otra historia de amor y mestizaje.

El coyote del lago

Las apariciones del cielo causan temor, angustia y muchas veces también dan pie a narraciones. Ésta relata cómo un coyote del cerro de Huizachera dedicaba su tiempo para adorar a la luna durante sus caminatas nocturnas, hasta que un día vio aparecer, en el horizonte, un punto que conforme pasaron las noches y los días creció hasta convertirse en una serpiente de fuego, la cual adoptaba la forma del rostro de una hermosa mujer, opacando la belleza del manto estelar. El coyote acudió a hablarle una noche en la que su resplandor no le permitia mirar la luna, pidiéndole se retirara, a lo que la serpiente contestó con furia, advirtiéndole sobre sus poderes, los cuales se conjugarían en una maldición que le quitaría la voz para siempre al humilde coyote y a toda su raza; esto enseñaría a los animales a respetar a la serpiente del cielo. Cuentan que desde aquel día, el coyote fue castigado con su destierro, provocando su desgracia por el simple hecho de confrontar a Citlalmina, la divinidad con la que se enfrentó.

Morelos

Tepoztécatl

Hijo del dios Ehécatl, el cual, transformado en pájaro, sedujo a su joven y noble madre mientras acudía a las aguas de Axihtla a bañarse. Tepoztécatl fue abandonado muy temprano a petición de los padres de su madre. Ellos no querían saber nada del recién nacido. Desaparecido en las cercanías del río Atongo, el niño fue abandonado encima de un gran hormiguero, alimentado por las hormigas que acudían hasta el maguey por el aguamiel que dio vida al niño, hasta que éste tuvo contacto con los humanos. Adoptado posteriormente por una pareja de ancianos que desconocía el origen divino de Tepoztécatl, cuenta la leyenda que en ese tiempo, los viejos eran mandados como sacrificio a la gran serpiente Mazacuatl, y en esta ocasión era el turno del padre adoptivo de Tepoztécatl. El joven decide intercambiar su lugar con el de su padre, por lo que acude al enfrentamiento con la serpiente. Recolectando piezas de obsidiana en su trayecto, el joven llegó hasta el considerado dios, dejándose devorar como parte de su plan. Ya dentro de la serpiente, cortó sus entrañas, dando fin a los sacrificios realizados en la región. A su regreso, cuentan que Tepoztécatl robó un tambor conocido como Teponaxtli, y que luego fue perseguido por el pueblo y salvado por un río formado con fluidos que él mismo arrojó. Al llegar a la zona del cerro del Tepozteco, subió, adorado por los agradecidos pobladores, hasta la punta del cerro de Ehecatépetl, y fue nombrado señor de Tepoztlán y sacerdote del ídolo Ometochtli. Después despareció sin dejar rastro. El niño guerrero vivió sus últimos años cerca de la pirámide que está construida sobre el actual cerro.

El amate

Hogar del Diablo y los muertos. Raíces que han sido cortadas una y otra vez por el temor de darle asilo a almas en pena que ven en el amate su único hogar en este mundo. Cuenta la leyenda que ya con las puertas cerradas a la vida, los espectros se comprometen con el demonio a cambio de una oportunidad para dejar de habitar debajo de estos árboles y regresar al mundo, a cumplir sus promesas de atormentar a quien en vida combatieron. El Diablo, ganando esclavos, cada vez que firma esta petición hace nacer, a media noche, una flor blanca en la copa del amate, la cual cae al amanecer para ser recogida por un hombre encargado de regresar el alma al lugar que deseó. Relatan que si la flor cae en las manos de la mujer enamorada, ésta recibe el trágico regalo: el Diablo se apodera de su alma para llevarla hasta el amate, y ante las faldas de este temido árbol, le quita la voz para después perder la vida y llenar las raíces con sus gemidos.

Los chinelos

Cuentan que, años atrás, Tepoztlán quedó totalmente cubierto por las aguas de un diluvio inesperado que arrasó con todo lo que se le atravesó. En consecuencia, el poblado quedó a merced de la naturaleza iracunda. Relatan que los dioses, al mirar semejante caos, decidieron intervenir, preocupados por el destino de la gente, y atacaron el problema con una solución: dotar a los hombres sobrevivientes con las características propias de un pez, para con esto salvar la vida durante la inundación y refundar el poblado sepultado al terminar el diluvio. Detallan que después del desastre, el pueblo comenzó a llenarse de nuevo, lo que ocasionó que los seres mutados escondieran su realidad a través de trajes conocidos como chinelos.

El puente del Diablo

Cuentan que el resultado de la conquista española pudo haber sido muy distinto, de no ser por la agilidad y oportunismo de un caballo. El relato narra cómo luego de ser perseguido por los tlahuicas, el líder español Hernán Cortés, junto con una importante cantidad de sus hombres, fue alcanzado en el ahora conocido puente del Diablo dentro del antiguo barrio El Miraval, muy cerca de Cuernavaca. Acorralado, sin ninguna oportunidad de sobrevivir al ser capturado, el conquistado decidió hacer un último intento por salvar su vida, al saltar a través de un barranco de más de cinco metros y confiar su existencia a su caballo de nombre Rucio. Mientras sus hombres caían vencidos o en la profundidad, Cortés huía así, por lo que agradeció para siempre la agilidad del equino que, dentro de nuestras leyendas, pudo cambiar el país.

La mujer vestida de rojo

Cuando el Diablo quiere sangre, cualquier disfraz es bueno. Relatan que en el poblado de Cuentepec, durante una noche de verano, sin tener una fecha fija, una extraña y atractiva mujer aparece vestida de rojo recorriendo los paraderos de autobuses, seduciendo a quien se atraviese en su camino, pero sin dar la oportunidad de ser seducida por nadie, hasta encontrar al hombre indicado. Adormecido con un engañoso beso, el chofer elegido regresa hasta su vehículo sin saber muy bien qué ha pasado, mientras la mujer, agachada y a gatas, comienza a tocar ciertas partes del camión, de tal forma que causa en ellas una avería. Platican que basta una sola evidencia para saber que el día anterior la mujer se ha aparecido de nuevo: leer las cabezas de las noticias para enterarse de un terrible accidente que incluye al chofer besado y sus pasajeros. De esta manera, el ansia de sangre de cada año queda saciada.

Nayarit

La princesa Mololoa

Hija del gobernante de la región de Matatipac, nombrado como Trigomil por algunos, la princesa Mololoa impactaba la vida de todo aquel que se cruzaba en su camino, algunos años antes de la llegada de los conquistadores españoles. De una belleza imponente, con la juventud apostando a su favor, siempre se encontraba rodeada de presentes que trataban de comprar un minuto de la atención de tan irresistible dama. Cuenta la leyenda que en el Valle, habitado por diferentes pueblos, la armonía era grande debido al sentido de justicia que Trigomil ejercía sobre el pueblo, así evitó cualquier inconveniente, hasta que la llegada de pretendientes dispuestos a todo por el amor de Mololoa cambió el destino de su vida. Todo comenzó el día en que, gracias a su padre, la princesa fue presentada a Sanganguey, un poderoso guerrero del que se sabía poco, excepto la particular fuerza que tenía, la cual lo dotaba de respeto y poder. Relatan que ante la negativa de Mololoa por dejarse cortejar por el guerrero, éste no encontró otra opción que raptarla y llevarla al bosque, siendo perseguidos de cerca por el enamorado de la princesa, Tépetl. Luego de días, el encuentro entre los rivales tomó lugar, y dio espacio para la huída de Mololoa, quien terminó por escalar hasta lo alto de una roca a mirar la suerte de su compañero, el cual logró derrotar al guerrero, luego de cubrirlo de piedras que fueron derretidas por el propio Sanganguey en su intento por escapar; así se dio forma al volcán del mismo nombre. Al vencer, Tépetl corrió al encuentro de su amada, pero detalla la leyenda que fue alcanzado por la primera erupción del volcán, y que con sus cenizas se formó el ahora conocido cerro de San Juan. Al ver la suerte de su amado, la princesa comenzó a deshacerse en lágrimas, formando un río que dotaba de vida a la zona y que fue bautizado como río Mololoa.

Aztlán

Conocida gracias a las leyendas que la señalan como el anterior asentamiento de los mexicas —antes de su llegada a Tenochtitlán—, la ciudad de Aztlán se ha puesto en duda como ciudad originaria de los aztecas, pues se ha señalado con insistencia distintos lugares del país para su ubicación real, uno de los más recurrentes es el islote de Mexcaltitlan, ubicado en Nayarit. Cuenta la historia que antes de emigrar en búsqueda de la señal dada por Huitzilopochtli —un águila devorando una serpiente encima de un nopal—, los mexicas, conocidos después como aztecas, encontraron en las tierras de Aztlán la fuerza que los caracterizó, y así dieron nacimiento a lenguas como el náhuatl, y que allí fundaron una vasta cultura dentro de estas tierras legendarias, misma que hasta la fecha continúa permeando los rincones del país.

El duende de Los Toriles

Cuenta la leyenda que cada media noche de viernes, cuando los visitantes ya no están cerca de la zona arqueológica de Los Toriles, también conocida como "las ruinas", una extraña familia de duendes sale a recorrer las pirámides de la zona, con la finalidad de vigilar que todo siga en su lugar y poder usarlo de residencia. Platican que, vigilados por la madre de esta pequeña comunidad, los duendes buscan finalizar su trabajo para obtener como recompensa un permiso para poder jugar alrededor de la zona hasta que la madrugada los alcance, mientras buscan que alguna persona se atraviese por su camino con el fin de realizarle una broma o travesura. Posteriormente, vuelven a encontrarse en el centro de la zona y desaparecen.

Xolechi

Enamorada de un imposible, Xolechi encontró rápidamente su perdición. Explican que durante años evitó el castigo de sus gobernantes, pues ocultó la pasión que sentía por el general español Ignacio Concotez, aun a sabiendas de la sanción por ayudar a uno de los conquistadores extranjeros. Asustada, la mujer también comenzó a ser maltratada por el general, lo que la llevó a preocuparse seriamente por su salud, ya que había quedado embarazada. Decidida a huir y comenzar de cero, la mujer fue descubierta por el general. Muerto en batalla, el general dejó una última instrucción: arrebatarle el niño a Xolechi, quien escapó por unos días pero que luego fue capturada y separada de su hijo. Éste fue enviado con los familiares del militar en España. Días después, la mujer enloqueció y huyó al monte para suicidarse; desde entonces se le ha visto penar por la sierra, preguntando a todo aquel que ve sobre el paradero del bebé que hace mucho le fue secuestrado.

La Virgen que sudaba

Durante años, las apariciones de la imagen de la Virgen en piedras o papeles han causado la intriga por parte de los fieles, quienes acuden a comprobar la veracidad de tales sucesos. Refieren que en los años noventa, una historia de este tipo conmocionó la capital del estado y al resto del país, al no encontrar explicación posible de los sucesos. Ubicada en un humilde hogar de la colonia El Chaleco, una imagen de tamaño considerable de la Guadalupana comenzó a ser visitada constantemente por un grupo de personas que acudía a observar cómo la imagen empezaba a sudar y a soltar pequeñas gotitas de agua por los ojos, asemejando las lágrimas de la imagen. Cambiada de lugar y puesta a prueba para conocer el origen del agua, esta Virgen jamás dio respuesta de su existencia. Se le recuerda como la Virgen del sudor.

Nuevo León

El cerro de la Silla

Declarado monumento nacional desde 1991, el cerro de la Silla ha cobrado una importante fama internacional gracias a su inconfundible forma, la cual ha sido motor de infinidad de leyendas que intentan explicar su origen, como la que narra cómo en el primer siglo de conquista (en el año 1577), el general Alberto del Canto llegó a la zona y la bautizó como Valle de Extremadura. El general quedó impresionado con las dimensiones y forma del cerro, el cual se asemeja a una silla para montar caballos. Existen historias que relatan cómo se formó esta silla, la más contada es aquella que habla de un extraño gigante que habitaba en las alturas del cerro, vigilaba sus tierras y escondía los secretos guardados en las cuevas. Detallan que al observar cómo los hombres comenzaban a poblar las faldas del cerro, el gigante decidió guardar su mayor secreto en las entrañas del monte. Se dice que comenzó a cavar en las alturas, justo entre dos picos, con lo cual dio forma a la silla de montar, para mantener su más valioso tesoro alejado de la humanidad. Pero no sólo mitos y leyendas guarda el cerro. Aquí también han ocurrido trágicos accidentes que han marcado su destino, el más recordado fue el ocurrido el 2 de junio de 1961, día de la inauguración del teleférico construido con el fin de atraer turistas al lugar. Éste cayó 18 metros, y pereció en su interior el ingeniero Alberto Rocatti y el constructor Jesús Hernández, ambos parte esencial de proyecto, así como dos acompañantes. La exposición fue clausurada, una arriesgada operación en la que hubo que rescatar 19 góndolas que continuaban detrás de ellos. Ubicado dentro de la Sierra Madre Occidental, este cerro cuenta con cuatro picos llamados: Norte, Sur, Antena y La Virgen, el de mayor altura es el primer mencionado, con 1,820 metros, el cual se conoce por el reto que representa a los alpinistas y turistas que visitan el lugar.

Agapito Treviño

Cuentan que al nacer Agapito Treviño en Villa de Guadalupe en el año de 1830, un caballo blanco lo esperaba en la puerta de su hogar, como el primero de muchos regalos de su padre, el adinerado dueño de la hacienda Los Remates. Pasaron los años y este presente, a pesar de su corta edad y los recuerdos que tenía de él, terminó por ser el que más lo marcó. Esto provocó que nunca quisiera cambiar a su acompañante ni su color, por lo que su primer apodo como bandido fue "Caballo Blanco". Conocido por hacendados y paseantes su astucia para robar —su sello era mantener sin heridos sus atracos, lo que le permitió retirarse con un récord de cero muertos—, Agapito fue perseguido, pero también venerado por todo aquel que se veía en necesidad y era socorrido por él, ya que solía compartir su botín entre los pobres de la región. Con una pistola y una armónica, la cual usaba para hacer bailar a sus víctimas, Agapito es recordado aún y el paradero de sus riquezas sigue siendo un misterio.

Los peces de Santiago

Ubicado a tan sólo media hora de Monterrey, Santiago es un poblado al que se le atribuyen cualidades mágicas. Cuna de varias leyendas del estado, así como de los paisajes más propicios para el turismo, este lugar se caracteriza por la naturaleza que lo enmarca, y de ella proviene precisamente una de esas historias. Se cuenta que muchos años atrás, en las aguas que llenan la presa de la Boca, los peces abundaban como alimento para la población. Sólo estaba prohibido pescar cierto tipo de pez; uno de particulares colores rojizos que terminaba por deslumbrar a quien se acercara demasiado. Cuentan que durante años, la obsesión de los pobladores creció tanto que hubo un grupo de hombres que se organizó para pescar el pez prohibido y llevarlo como trofeo hasta sus mesas. Días después de su captura, cuentan que no había más vida en el agua, lo cual comprobó que el encanto del lago poblado había desaparecido.

El niño Fidencio

Adorado por una gran cantidad de seguidores que hasta la fecha realizan una peregrinación anual con dirección al poblado de Espinazo, en el municipio La Mina, durante el mes de marzo, el llamado Niño Fidencio es uno de los fenómenos religiosos paganos más interesantes del país. Bautizado como José Fidencio Síntora Constantino, y nacido el 18 de noviembre de 1898 en el rancho Las Cuevas en Guanajuato, este singular personaje de la fe mexicana es conocido por sus milagrosas curaciones médicas, las cuales llegaban de un tumor hasta el cáncer, sin ninguna herramienta quirúrgica de por medio. Narran relatos de esta especie de curandero que, mediante habilidades metafísicas, lograba comunicarse a profundidad con el dolor del paciente; así lograba llevar siempre la palabra de Dios en cada curación. El Niño Fidencio adoptó la túnica como única vestimenta, y se nombró a sí mismo el Cristo mexicano.

La casa de Aramberri

Ubicada en las calles de Diego de Montemayor y Doblada, la casa de la familia Aramberri sigue atrayendo a extraños ante el misterio que se narra de boca en boca. Cuentan que durante una noche tranquila, en la que madre e hija tejían en la sala de su casa, cuatro bandidos decidieron entrar a robar, y se emcontraron con las damas que atónitas miraban a sus asaltantes. Dicen que al ver a las mujeres, de belleza natural y palpable, los sujetos decidieron dejar de lado sus planes de joyas para comenzar su perversión. Luego de momentos de intenso sufrimiento, madre e hija fueron asesinadas, y sus cuerpos desangrados quedaron abandonados en los alrededores de la casa. Esto causó un gran sufrimiento a conocidos y familiares, quienes durante años intentaron habitar el terreno, pero se encontraron con un gran dolor que emergía desde las paredes, en forma de desesperados gritos que piden auxilio para las almas torturadas hace ya muchos años.

Oaxaca

Mayahuel

El maguey, esencial en la vida y fiesta del mexicano, proviene de una leyenda que ha traspasado la barrera de los años por sí misma. Cuenta la leyenda que el obsesionado dios Quetzatcóatl, luego de mirar a la joven y virginal Mayahuel, habitante del cielo y nieta de una tzitzimime (demonio de las estrellas), cayó enamorado y decidió conquistarla, a pesar de que ello significara enfrentarse a su familia y llevarla hasta la Tierra. Después de visitar a la joven, la divinidad pensó en distintas maneras de llevarla a vivir cerca de él. La respuesta parecía ser invitarla a la Tierra, para unir ahí su amor y convertirse en un árbol de dos ramas que los ocultara de las tzitzimime. Así, Mayahuel abandonó su hogar y se encontró en la Tierra buscando amar al dios, pero poco tiempo duró su felicidad, pues fue descubierta por su abuela, quien enfurecida dio muerte a la rama en la que había sido convertida su nieta, para luego devorarla y dejar los restos tirados. Relatan que ante la tristeza, Quetzatcóatl decidió darle vida como divinidad a su querida Mayahuel, quemando para ello los restos que los demonios dejaron luego de su festín dentro de un hoyo en la tierra. Éste es el origen de la planta del maguey. Representada con 400 senos que proveen del elíxir del pulque a sus hijos, conocidos como centzon totochtzin, esta divinidad es considerada diosa de la fertilidad y es constantemente relacionada con la luna, creadora del agave y madre de la embriaguez. Por ello también fue relacionada con la mala suerte de quien es devoto a su líquido. Mayahuel es dueña de incontables relatos, entre los cuales se encuentran algunos que la señalan como la enamorada del humano Chag, a quien convirtió en dios después de permitirle devorar sus entrañas; o como la eterna protegida de Huexicar. Lo cierto es que la hermana de Tonantzin siempre ha sido relacionada con la perdición de los hombres, al atraerlos hacia la bebida que los conecta con la Tierra, y que representa uno de los símbolos de Oaxaca ante el mundo.

Bahía Puerto Angelito

Cuentan que en una hermosa bahía ubicada dentro del litoral oaxaqueño del océano Pacífico, conocido como Puerto Escondido, un sangriento y poderoso pirata traficante fue abandonado por su tripulación, luego de una batalla en la que lo creyeron muerto. Como pudo, el hombre llegó hasta la orilla para encontrarse con un indígena, el cual buscaba ayuda o bautismo para su pequeño hijo desahuciado. Relatan que al encontrarse, estos personajes olvidaron la distancia cultural y fueron donde estaba el hijo, que falleció minutos después de ser bautizado. Su alma fue enviada al cielo, donde realizó una sola petición: que su padrino pudiera viajar con él. La extraña petición causó sorpresa en el Paraíso, al considerar el carácter del pirata muy ajeno a quien merecía vivir la paz eterna, pero le dieron una oportunidad, al poner como condición una sola prueba que el hombre debía pasar. Ésta consistía en llenar una jarra con sus lágrimas a la orilla de la bahía. La historia relata que el hombre, al ver al niño ante él con la petición de su compañía, no pudo más que llorar intensamente ante la paz que recibía, por lo que falleció ese mismo día y fue llevado por las aguas de la hermosa bahía del angelito.

La serpiente de las tres plumas

Ubicada en Teotitlán del Valle, esta historia cuenta el relato de la vieja iglesia del pueblo, debajo de la cual se encontró una cueva repleta de riquezas prehispánicas. Se dice que su apertura liberó una extraña serpiente de la que no se supo nada a pesar de los días de búsqueda. Cuentan que, con tres plumas sobre su frente, este reptil vagaba por los alrededores del templo con el fin de regresar a cuidar el tesoro oculto —el cual había sido clausurado—, por lo que permaneció así atrapada en un mundo que no era el suyo. Dicen que quién lograba acercarse a ella podía tomar una de sus plumas, ya que dependiendo del color que ofrecía, el destino sería marcado con muerte o fortuna.

La Matlacihua

Encargada de castigar a aquellos hombres que por la vida buscan mujeres para engañar, la Matlacihua espera paciente el momento de cobrar venganza a quien se deje atrapar. Cuenta la leyenda que en el poblado Santa María Sola de Vega, esta mujer comenzó a aparecerse de manera constante, para volver locos a los hombres de la población que alguna vez habían levantado la mano a sus mujeres o habían sido infieles. Escondida en los caminos, este espectro toma bellas formas poco imaginadas que atraen a los hombres hasta sus brazos, para ahí ser despedazados por el animal en que ella decida transformarse. Conocida también como "la Bandolera", se dice que es una enviada de la Muerte, que cobra las facturas del abuso machista, y le gusta vestirse de novia para resaltar su fina belleza y no permitir que ningún hombre siga abusando de sus representadas.

La encantada del ejido

Paciente y agazapado, pensando en sus movimientos, el Diablo espera con precisión una nueva oportunidad para atacar. Cuentan que en la zona del ejido Guadalupe Victoria, dentro de San Felipe del Agua, se le ha visto constantemente poniendo a prueba las almas de los visitantes con sus variados trucos. Ahoga a todo aquel que sin cuidado se deje sorprender; olvida algunos objetos que carga con su poder, el Diablo comienza una intensa cacería en la que las víctimas —bañistas despistados— toman con curiosidad algunas de estas maldecidas herramientas, quedan paralizados para después morir ahogados en las aguas del río San Felipe. Pero si el truco no funciona, el Diablo aparece como una bañista desnuda que invita a compartir las aguas; así se lleva hasta la profundidad a los hombres que, atrapados visualmente, la siguen a voluntad.

 *Puebla*

La leyenda de los volcanes

Con sus 5,500 metros de altura —es el segundo volcán más alto en nuestro país—, el Popocatépetl, cuyo nombre proviene del náhuatl y significa "la montaña que humea", es motivo de muchos relatos que cuentan desde cruentas batallas hasta las 18 erupciones que ha tenido en su historia (comenzadas en 1354), lo que lo convierte en referencia mitológica de México. Uno de los relatos más conocidos cuenta cómo, en la época previa a la Conquista española, los aztecas ya dominaban el valle de México haciendo uso de su poderío para someter a otros pueblos. Cansados de tal opresión, algunos comenzaron su propia rebelión organizando memorables batallas que decidieron el futuro de las tierras. Ejemplo de ello fueron los tlaxcaltecas, ampliamente beneficiados con la presencia de Popocatépetl, un hombre de gran agilidad e inteligencia que antes de la guerra cayó enamorado de la hija del cacique de Tlaxcala, la princesa Iztaccíhuatl. Cuando fue correspondido, y en la orilla de una próxima batalla en la que podría perder la vida, el guerrero decidió prometerle amor eterno a su mujer y buscó la aprobación del padre de ésta, a cambio de ganar todas las batallas que enfrentara. Durante meses, la información de sus resultados fue positiva, hasta que cierto día nada se supo de él. Uno de los combatientes que lo acompañaban regresó al pueblo y contó que su líder había muerto, lo cual causó una infinita decepción en el corazón de Iztaccíhuatl, por lo que ésta se dejó morir. Meses después, como un fantasma que regresa a la tierra de los vivos, la silueta del guerrero fue vista camino al pueblo, que provocó intrigas al paso de quienes lo miraban con vida. Él caminaba ilusionado por encontrarse con su amada y ser recibido con los honores de un triunfador —que de poco sirven cuando se está a punto de escuchar la peor noticia—. Desconcertado por la muerte de su amor, mandó construir una gran tumba ante el sol, juntando diez cerros para formar una montaña en cuya cima recostó el cuerpo de la princesa, por lo que el monte tiene la forma de una mujer dormida. Ésta es vigilada por el mismo guerrero, quien arrodillado frente a ella, ha sido cubierto por las tierras y la nieve mientras vela su sueño por toda la eternidad.

La fundación de Puebla de los Ángeles

Como trazada por las manos de ángeles, así recordaba Fray Julián Garcés la ciudad que le fue develada en sueños; un lugar donde podría fundar su orden; rodeado de vida, campos, flores y manantiales cercano al lugar que habitaban en Tlaxcala. Cuentan que el franciscano, quien tuvo el sueño en la víspera del día de San Miguel y de los Ángeles, llevó a la mañana siguiente la noticia a sus compañeros, y éstos lo siguieron en su búsqueda por esas tierras. Cuando las encontraron, impactaron tanto a los sacerdotes que corrieron a dar la noticia a sus superiores: una ciudad en el sitio paradisiaco para los españoles que transitaban entre la ruta comercial de México y Veracruz. El 16 de abril de 1531 es la fecha en que Puebla de los Ángeles fue fundada.

La china poblana

Listones coloridos posan sobre un vestido reconocido tanto en el interior como en el extranjero. La figura que los porta es parte esencial de las estampas y postales que representan a México por el mundo, y lo interesante es que tan agraciada mujer no es precisamente mexicana. Conocida como "la china poblana", cuenta la leyenda que la princesa hindú Mirra, hija de uno de los patriarcas más importantes de la India, llegó a nuestro país durante el siglo XVII. Al ser capturada por los españoles que derrocaron a su padre, se le convirtió en una esclava destinada al virrey Marqués de Gálve. Relatan que, al desembarcar en el puerto de Acapulco, Mirra atrajo las miradas por su apariencia, y que fue comprada de inmediato por el poblano Miguel de Sosa, quien la llevó hasta su tierra y la adoptó con el nombre de Catarina de San Juan. Ella, a pesar de los cambios en su vida, continuó vistiéndose como en su poblado natal, dotando con ello los primeros rasgos del conocido traje que hoy lleva su apodo.

La campana de Santa María

Considerada una de las catedrales de mayor atractivo del país, la catedral de Puebla fue construida en 1649. Se cuenta que otras estructuras se fueron añadiendo a la obra con el fin de convertirla en un referente religioso de la época. Sus dos torres se terminaron en 1678, bajo el entusiasmo de los fieles que esperaban escuchar las campanas que en ellas resonarían. Narra la leyenda que durante semanas trataron de encontrar las campanas perfectas, hasta que reciclaron una de la vieja catedral, a manera de construir una a la medida de la torre norte, de cerca de 73 metros de altura. Así, con un peso de nueve toneladas, el nuevo badajo fue entregado a las autoridades. Su colocación representaba un problema para la época que afectó por días al pueblo en espera del llamado. Un día como cualquiera, relatan que los hombres decidieron volver a levantarla y subirla hasta donde lo lograran, pero sintieron un aligeramiento excesivo en su peso, por lo cual aprovecharon para colocar el cencerro. Se dice que los que permanecieron observando la acción alcanzaron a ver cómo unas sombras se posaban sobre la campana, atrayendo el peso hacia ellas y ayudando a llevarla a su sitio acordado.

El rosario de Amozoc

Conocido como el lugar donde hay lodo el poblado de Amozoc cuenta entre sus historias principales la sangrienta pelea de los distintos gremios de artesanos dentro de la iglesia de su población. Dicen que, enfurecidos por no poder organizar la fiesta del pueblo de cada año, un grupo de artesanos liderados por Catalina, alias "la Culata", decidió boicotar la organización del gremio vencedor. Asistieron a la iglesia y, al escuchar cantar a coro la canción sagrada *Matter inmaculata*, entendieron "maten a la culata". Los hombres ingresaron en el recinto para pelear y dejaron muertos a niños, mujeres y guerreros en una injusta pelea que no pasa al olvido.

Querétaro

Conin

Reconocido por su inteligencia y capacidades oratorias, con las que convencía a todo extraño que se atravesara en su camino, el peculiar indígena otomí de nombre Conin ha transcendido como uno de los personajes más ambivalentes de la historia de Querétaro. Se le recuerda por ser uno de los primeros conectores entre dos mundos —el indígena con el conquistador español—, lo mismo que por ser un hombre que a la mirada de muchos terminó por traicionar sus raíces. Rebautizado como Fernando de Tapia, homónimo del conquistador español, fungió como la mano derecha del coronel Hernán Pérez de Bocanegra en su afán por someter y evangelizar a los habitantes cercanos a la cañada Andamexi, comunidad a la que pertenecía el ahora Fernando. Cuentan que luego de conquistar Xilotepec, el español y su compañía quedaron impactados con los terrenos aledaños a la cañada, a los que nombraron como Queréndaro, "el lugar de las peñas". Trabajan de llevar su misión evangelizadora hasta los indígenas que ahí habitaban, para lo cual fue utilizaron a Conin como intermediario. Al trabajar como representante de los españoles ante su comunidad, se cree que el indígena logró negociar una pelea entre sesenta mil hombres, sin armas y a mano limpia, con representantes de las dos partes en las que se arreglaría el sometimiento sin muertos de por medio; esta batalla ha sido puesta en tela de juicio, pues no se sabe que hubiera sido aceptada por los españoles. Se dice que en ella, ocurrida el 25 de julio de 1531, los indígenas comenzaban a sobrepasar a los españoles hasta que una misteriosa cruz, precedida de lo que se cree fue un eclipse, apareció en el cielo, lo cual se atribuyó a la protección del apóstol Santiago y provocó la rendición de los pobladores, que vieron cómo sus tierras pasaban a manos de los conquistadores. Años después de la batalla, se cuenta que Fernando de Tapia contrajo matrimonio con una indígena otomí para fallecer ya en vida familiar en 1571. Éste es el origen del nombre Santiago de Querétaro, en honor al apóstol y patrón al que supuestamente le agradecen su victoria los españoles.

La sombra de Maximiliano

Engañado para gobernar un país dividido, con rastros de transformación en cada una de sus esquinas, Maximiliano de Habsburgo encontró la muerte en México, con lo que dejó a su paso infinidad de leyendas que cuentan las huellas de este personaje por el país, desde aquella en que se dice cómo se construyó el actual Paseo de la Reforma para que pudiera observar a su esposa Carlota mientras asistía a la misa en el centro de la ciudad, hasta las que señalan que su discurso previo a ser fusilado insistía en buscar la independencia y la libertad. Dichas historias forman parte de un mundo de relatos que, luego de cuatro años de habitar México, concluyó en el cerro de las Campanas, el 19 de junio de 1867, en Querétaro. Platican que el cuerpo del emperador fue trasladado al templo de Santa Cruz, en el cual permaneció unos días; los suficientes para construir el mito que señala que su alma vaga atormentada en dicho lugar. La sombra soborna con una moneda de oro a los afortunados que se cruzan con ella, al igual que lo hizo con los que lo fusilaron, pidiéndoles a cambio cuidar su rostro para ser reconocido después de muerto. Así el emperador continúa presente en los relatos del estado que lo vio morir.

El agujero del Diablo

Noche tras noche, los seminaristas del convento de San Francisco sienten la presencia de un ser que no es bien recibido en sus habitaciones. Disfrazado para la ocasión, cuentan que el Diablo se hace presente en forma de una hermosa mujer que busca alejar a los futuros padres de su vocación. Una de las leyendas que se cuentan dentro del convento narra cómo uno de los aprendices fue seducido por la mujer, y que cedió ante sus encantos al dejarla entrar en su habitación, la cual quedó cerrada durante horas sin que se escucharan las fuerzas que intentaban abrirla para separar el bien del mal. Dicen que al devorar su alma, la bestia salió disparada del cuarto, haciendo un tremendo hoyo en el techo del convento, al cual se le sigue conociendo como el agujero del Diablo.

La captura de Chucho el Roto

Si bien la figura de Jesús Arriaga es reconocida a lo largo del país, este personaje, originario de Tlaxcala, tiene una particular historia dentro de las tierras de Querétaro. Cuentan que Chucho —quién comenzó su carrera al intentar recuperar a la hija que fue separada de él por su suegro— cayó en el nombrado lugar de las peñas con la intención de realizar un robo a los ricos de la ciudad y así culminar su venganza. Planeaba un golpe difícil, al asaltar una de las más grandes joyerías del país. Este elegante caballero logró hacerse amigo del dueño del local, con lo cual dio el primer paso para su mayor hazaña. Todo salía a la perfección, pero relatan que su propia leyenda lo marcó, pues fue un simple policía local —que conocía bien los relatos del apodado Roto— quien lo descubrió y lo condenó a prisión, de donde intentó escapar y recibió sólo un balazo. Chucho procuró otro intento de escape, acción que lo llevó al látigo y finalmente a su muerte, el 25 de marzo de 1894, luego del declive de la leyenda en dicha capital.

La casa del faldón

Localizada en la calle primavera, frente al templo de San Sebastián, la vieja casa del español Fadrique de Cázares sigue dando de qué hablar. Convertida en un centro cultural, dicen que en ella aún se nota la presencia de su desterrado dueño, conocido por su desempeño como regidor. Cuenta la historia que luego de trabajar por la ciudad, Fadrique esperaba una oportunidad para la alcaldía, la cual ocupaba su enemigo don Pablo de Tapia —descendiente del indio Conin—. Durante años vivieron una gran rivalidad que culminó con la confrontación vivida durante una congregación religiosa, en la que el regidor terminó por despojar al alcalde y le desgarró la camisa. Así, demandado ante los tribunales, Cázares fue desterrado a vivir del otro lado de la ciudad.

Quintana Roo

Ixchel

A su paso, los hombres palidecían. Cuentan que con su simple andar, lleno de vida, cautivaba a quien posaba sobre ella sus ojos, pero fue Itzaminá, noble y afortunado indígena maya, el elegido para caminar de la mano de esta dama. Muchos relatos prehispánicos la señalan como una de las mujeres que cambió la fe de un pueblo. Ixchel sufrió en vida la imposibilidad de un amor, al ver morir en duelo —que ella nunca aprobó, pero que su hermana Ixtab organizó— a Itzaminá. Cuando su amado murió, Ixchel decidió concluir su existencia y alcanzar al hombre que la había dejado con difíciles pendientes del corazón, convirtiéndose a su muerte en diosa de la luna. La historia, que también narra cómo Ixtab, que se sentía culpable del suicidio de su hermana, acabó transformándose en una divinidad encargada de vigilar y cuidar a aquellos que han tomado la decisión de no volver a decidir. Esta leyenda guarda un lugar especial para la relación que hay entre el sol y la luna, y ha sido motor de muchos relatos complementarios. Cuentan que un día, la luego infiel Ixchel decidió escapar con el rey Buitre, y dejó a Kinich Ahau solo; éste, decidido a recuperarla, planeaba las acciones que realizaría para llegar hasta el reino de los buitres. Convertido en un venado en putrefacción, el dios sol decidió tirarse en el bosque, esperando que alguna de las aves de rapiña llegara hasta él y se lo llevara a sus terrenos, para así acercarse a su amor. Con la puntualidad de un animal hambriento, el buitre llevó el cuerpo hasta sus compañeros, permitiendo la entrada del dios al lugar, quien se llevó a Ixchel y le otorgó el perdón que los mantiene unidos hasta la eternidad.

Xtabay

Ligada directamente a la leyenda de Xkeban y Utz Colel (ver Campeche), esta historia relata las casuales apariciones de una seductora mujer que, al encontrarse a cualquier hombre dentro de la selva, decide insinuarle su amor con tal de atraerlo. A base de cánticos, poesía o susurros, la voz de la dama permea los oídos del pasante, quien comienza una persecución por espirales de árboles que terminan por perderlo, en su intento por alcanzar a la nombrada Xtabay. Al llegar a sus brazos los hombres conocen un poco de felicidad, pero sólo de forma momentánea, ya que en segundos la mujer regresa a su forma de espectro, para causar daños irreparables en la piel del hombre que se dejó llevar. Cuentan que los cuerpos, casi irreconocibles al estar llenos de rasguños gigantescos, aparecen con expresiones de terror que confirman los rumores de que un temible demonio vestido de mujer ronda los alrededores. Dicha presencia se le atribuye a Xkeban, una mujer que en vida se dedicó a las artes del amor y fue odiada por la nobleza, pero amada por el pueblo, el cual fue ayudado en sus causas por este espectro.

Bailan los esqueletos

Cuentan que durante la celebración del Día de Muertos, fiesta conocida como Hanal Pixan en la cultura maya, varios son los esqueletos que deciden regresar a casa para una última pieza de baile. Luego de acudir a sus respectivos hogares a degustar los platillos ofrecidos en su honor, los muertos preparan sus mejores atuendos y regresan a mover el esqueleto con alguien que se deje engañar. De manos frías y poca conversación, estos animados bailarines acuden a las fiestas que durante ese día se organizan, para cortejar a personas jóvenes y crédulas, a quienes les roban en la pista un poco de la vida que a ellos les es negada.

Andrés y Leona

Afamado abogado, político y escritor, Andrés Quintana Roo era considerado como una de las piezas clave para la consolidación de la independencia mexicana. Hijo de José Quintana, dedicado al mundo del periodismo en Yucatán, mostraba una particular inclinación por las ideas insurgentes, las cuales mantenía ocultas al trabajar en el despacho de la familia conservadora Vicario Fernández de San Salvador, donde conoció a Leona, el amor de su vida. Leona, hija del fallecido dueño de las oficinas, estaba dispuesta a casarse con él. Cuentan que Andrés pidió la mano de Leona a su tío, apoderado de la fortuna y bienes familiares, pero fue rechazado por sus ideas políticas. Al ver truncada su relación, Leona y Andrés decidieron mantener oculto su amor, trabajando en conjunto por la independencia del país y convirtiéndose ella en una de las espías más importantes de la insurgencia en la ciudad de México, gracias a que tenía acceso y contacto con importantes personalidades conservadoras. Descubierta su función en 1813, fue encerrada en el Colegio de Belén, pero escapó tiempo después para poder casarse con Andrés. Ellos formaron una de las parejas que cambió el destino de México con sus acciones.

El balché

Considerada una de las bebidas más importantes para la cultura maya, este brebaje sagrado continúa siendo un misterio para el hombre común que visita Quintana Roo. Hecho a base de la corteza del árbol del balché, la cual se hierve por horas para quitarle todo lo amargo, a fin de entrar en un proceso de secado que permite que se hierva de nuevo. Al brebaje se le añade miel y un líquido rosado que se deja fermentar, con lo que se obtiene como producto final este licor prehispánico. Se cuenta que esta bebida sólo es usada en ceremonias religiosas en las que, debido a sus propiedades, permite entrar en estados de conciencia distintos y congregar el misticismo necesario para el éxito del ritual.

San Luis Potosí

El espíritu del híkuri (peyote)

Durante los últimos años de sequía, los indígenas huicholes más sabios de la comunidad han ideado infinidad de soluciones para evitar que la naturaleza les ponga fin, ninguna con resultados positivos. Desesperados, relatan que en uno de sus peores momentos recurrieron a una última opción, la cual consistía en reunir a cuatro de sus mejores jóvenes, cada uno representante de un elemento (agua, fuego, tierra y aire), con el fin de enviarlos a buscar el alimento que salvaría a los suyos de los tiempos de hambre. Los jóvenes, al ver el estado de sus tierras secas y los estómagos vacíos, tomaron la misión en sus manos, caminando por días en busca de una respuesta que pusiera a todos satisfechos. Cuentan que semanas después de su partida, los muchachos encontraron en el camino un robusto venado que podría servirles para calmar el temblor que los sacudía desde el ombligo. Así comenzó una persecución que les robó sus últimas energías, perdidos en un camino que el animal había trazado en su escape.

Al día siguiente, asombrados por la mañana, encontraron de nuevo al ágil siervo e intentaron cazarlo con flechas, las cuales terminaron incrustadas en un extenso plantío de lo que parecían tunas que emergían de la tierra. Atravesadas por las lanzas que perseguían al venado, uno de los cactus abiertos fue arrancado por un joven que, al ingerirlo, logró una experiencia extrasensorial, perdió el apetito y además adquirió una fuerza física tremenda sin razón aparente. Intrigados por la planta, la llevaron hasta su poblado en la sierra huichola, convirtiéndose éste en el alimento esperado —el híkuri—, mejor conocido como peyote. Fue obtenido después de un recorrido, "wirikuta", al desierto del estado. Otro de los relatos en torno a este ancestral alimento señala que un dios huichol comenzó a mostrar una maldad inusitada, los indígenas lo atacaron y con flechas lograron herirlo. En su persecución, el dios fue regando gotas de la sangre que caía de sus heridas; con estas ensangrentadas huellas se creó la mística planta cuyo elemento químico principal es la mezcalina.

Fray José de San Gabriel

Sea por su valor o belleza, el oro siempre atrae como imán. Hombres sin distinción corren a rendirle tributo. Un punto de llegada para probar fortuna y obtener oro era el antes conocido Pueblo y Minas de San Luis, ahora San Luis Potosí. Cuentan que uno de los personajes que acudió a la cosecha fue José de Reguiti, quien en su juventud buscaba sacar el mayor provecho de su estancia en tan rica localidad. Se dio a conocer a través del engaño y la estafa, y a veces esto fue motivo del odio de la comunidad que caía ante su astucia. Narran que luego de uno más de sus trucos, el poblado acordó desterrarlo a la árida zona de Mazapil. Desesperado por los resultados que dejaba el trabajo despreciable bajo un sol ardiente, José tomó la decisión de secuestrar hombres para exigirles su trabajo. Por medio de los castigos, logró extraer plata a costa de la vida de varios hasta que un día, en uno de sus regresos de la mina, la Muerte le habló. Un accidente de caballo lo mandó a la inconsciencia, en la que se puso en contacto con las almas de los hombres a los que canjeó por metal; éstos lo obligaron a proteger a los mineros, o al morir su castigo estaría listo. Convertido en fray José de San Gabriel, este hombre dedicó sus años a vigilar las minas de San Luis, transformándose en uno de los religiosos a los que los mineros más se encomiendan.

El lago mayor

Ubicado dentro del Parque Carlos Barrios, en la región del Tangamanga, cuentan que este lago es un extraño cementerio en el que todos los cuerpos que son arrojados desaparecen, ya que en épocas prehispánicas se trató de un lugar de sacrificio. Se dice que en el fondo de sus aguas existen túneles subterráneos que, a pesar del intento de ser tapados, ocultan no sólo los cuerpos, sino un extraño ser al que los habitantes indígenas rendían tributo. Durante la noche de Año Nuevo, la leyenda cuenta que en el fondo del lago se puede observar cómo emergen pequeñas luces, las cuales representan a las almas que son liberadas sólo por una noche.

El hombre mam

Conocidos como los señores de las tormentas durante siglos, los hombres mam han sido los encargados de proveer del agua necesaria a los poblados que la necesitan para sus cultivos. Cuenta la leyenda que uno de ellos vivía en Huehuetlán, en el cerro Tamab, donde la gente comenzaba a preocuparse por la situación de sequía. Intrigados debido a que en dicho cerro las cosechas iban bien gracias a las constantes lluvias que lo bañaban, decidieron acudir con las autoridades a descubrir el secreto del lugar. Encontraron a un hombre que se los explicó y les prometió agua para sus alimentos. Meses después, el pueblo decidió regresar hasta la punta del cerro a exigir mayores diluvios, pero al no encontrar al mágico señor decidieron vengarse con sus cultivos; los destruyeron para provocar así la ira del mam. Éste enfurecido, durante días y semanas lanzó a los agricultores tremendos diluvios que terminaron por ahogar sus tierras y matar a sus hijos; así consumó su venganza. Relatan que ante tal suceso, el hombre fue castigado por las divinidades y desterrado del cerro para vivir en el norte y aprender de sus errores, pero al ser tal su rencor con el mundo, este hombre decidió continuar con su venganza, por lo que se convirtió cada año en un huracán que continúa azotando las distintas regiones del país.

La creencia de Todos Santos

Alrededor del país, la celebración del Día de Muertos palpita de manera distinta en las leyendas de cada región. Conocida por muchos nombres, en el caso de San Luis Potosí, a esta celebración se le llama "de Todos Santos". Esta leyenda cuenta cómo en el poblado de Tampamolán, en Corona, los muertos desfilan por distintas paradas con sus ofrendas en la mano, separando en sus filas a aquellos difuntos olvidados que no reciben tributo. Relatan que éstos, los olvidados, regresan a sus hogares para reclamarle a los suyos tal maltrato, castigando sus cosechas a la espera de que el año siguiente entiendan la mítica lección.

Sinaloa

Jesús Malverde

El bandido generoso. El ángel de los pobres. El santo de los narcos. Miles de apodos como éstos quedan sobre el tintero al momento de hablar de uno de los personajes contemporáneos más importantes del país: Jesús Malverde; aunque la historia no encuentra aún evidencias reales de su existencia, pues se tienen sólo algunos datos referentes a su persona, como su supuesto nombre, Jesús Juárez, y su fecha de nacimiento, el 24 de diciembre de 1870, tan dudosos como los favores que se dice ejerce al narcotraficante que así lo solicita.

Nacido, según la leyenda, en los altos de Culiacán, cuentan que este hombre se dedicó en vida al robo y saqueo de ricos hacendados; con el fin de acumular grandes botines que siempre terminaban en manos de las comunidades más pobres del estado, con lo que obtuvo gran popularidad a su figura. Con sus padres muertos por la hambruna que atravesaba la región, y luego de trabajar en la construcción del Ferrocarril Occidental de México, relatan que este hombre se decidió por las artes del robo, perfeccionándolas de tal modo que poco se sabía de él. Así llegaban noticias de sus hazañas hasta la oficina de gobierno, donde el entonces gobernador, Francisco Cañeda, comenzó a dimensionar el problema y prometió una fuerte cantidad para motivar la captura de Malverde, vivo o muerto. Al enterarse de ello, relatan, Malverde intensificó sus atracos, al grado de encontrarse, en una ocasión, con la fuerza policial, de la cual logró escapar, pero no sin una grave herida de bala. Al notar el estado de su infección, Jesús tomó el control de la situación. Decidió que fuera uno de sus aliados el que lo entregara a la policía para cobrar el rescate y darle un último tesoro a la gente que había sido su amiga. Con esto se puso punto final a una historia que, se dice, concluyó con su muerte el 3 de mayo de 1909. El resto forma parte de la transformación del mito en el que se convirtió aquel en el que ladrones, inmigrantes, pobres y narcotraficantes, continúan confiando sus mayores secretos y sus ansias de poder.

El Rosario

Al sureste de Mazatlán, un pueblo continúa brillando tanto por su atracti-vo turístico como por las historias que nacen de su seno. Narran que en el siglo XVII, el 3 de agosto de 1655, el caporal y cura español Bonifacio Rojas partió de su hacienda en busca de una res que, separada de su ganado, logró escapar hasta la conocida Loma de Santiago.

Cuentan que Bonifacio, al ver pasar las horas sin poder llegar a la Loma, decidió correr al mirar cada vez más cerca al animal; tropezó en su intento y rompió así el rosario que llevaba en su pecho, motivo por el que las piezas que lo componían se regaron. Al levantarse y descubrir su error, decidió tirar su sombrero para ubicar el lugar de lo sucedido y regresar a levantar su amuleto, después de capturar a la res. Sin éxito, Rojas regresó al lugar donde había perdido el rosario para pasar la noche. Prendió una fogata para partir de regreso al día siguiente, pero cuál sería su sorpresa al levantarse y descubrir que las piedras que componían el instrumento religioso ya no estaban ahí. En cambio, algunas piedras mostraban un particular brillo. El caporal, al extraer un poco de piedra, descubrió que se encontraba frente a una mina de plata conocida como Mina del Tajo, con lo que dio paso a lo que se requería para fundar una ciudad alrededor de ella, conocida hasta el día de hoy como El Rosario.

La isla de los dos hermanos

Esta leyenda narra la historia de dos hermanos pescadores. Cuentan que los hermanos lograban grandes pescas trabajando en equipo sin que nadie pudiera separarlos, al menos hasta la lle-gada de una misteriosa mujer, con la cual los dos salían sin darse cuenta. A punto de llegar al altar, los hermanos descubrieron el secreto, ambos enloquecieron al descubrir que se trataba de una bruja que los había engañado, y los dos fueron orillados al suici-dio. Ante tal acción, la dama decidió convertirlos en peñascos, que sufrirían la maldición de estar separados por el mar.

La santa de Cabora

Grande fue la sorpresa al ver cómo el cuerpo de Teresa Urrea cobra-ba vida y salía del ataúd que la guardaba, ante la mirada del poblado de Cabora. Cuentan que desde su juventud, esta mujer, hija de una indígena y un importante hacendado de la región, mostró grandes dotes para curar el dolor ajeno. Fue adoptada por una curandera de la región, después de haber sido abandonada por su madre y vivir un periodo en la opulencia paterna. Educada en las artes de la magia, la llamada santa de Cabora, relatan, consiguió milagros que hicieron crecer su fama por toda la región, lo que la convirtió en una importante líder espiritual. Incómodo por su popularidad, la historia relata cómo el dictador Porfirio Díaz tomó la decisión de desterrarla a Estados Unidos, con el fin de evitar un levantamiento en su contra. Fallecida pocos años después de su exilio, a los treinta y tres años de edad, Teresa sigue siendo idolatrada por quienes buscan que la santa de Cabora cambie la salud de los enfermos.

Mochicahui

Cansado de ver a sus hermanos correr —día tras día— por el bosque, en búsqueda de carne de venado que alimentara a la tribu de los Totorames, el indígena Mochicahui comenzó una cruzada interna para cambiar esta tradición por la de la siembra, basándose en un llamado que la diosa de la naturaleza Xochiquetzal le hizo. Sin escucharlo, los indígenas continuaron con la matanza del venado, y causa la iracunda respuesta de la naturaleza, que sentenció la sequía permanente en la vida de sus habitantes, exceptuando la de Mochicahui, quien agradecido por el favor que la diosa le había concedido, dedicó su vida a proteger a los animales, que fueron considerados como sagrados en la región y parte esencial del escudo y la historia de Mazatlán.

Sonora

Bobok

En el corazón de cada tribu continúan guardadas las explicaciones que el hombre se procuró para comprender un mundo aparentemente explicable sólo a través de la magia, muchos relatos se han convertido en fuente inagotable de personajes míticos, vivos gracias al relato oral. En esta ocasión, la historia corresponde a la tribu Yaqui, la cual remite a la leyenda del origen de la lluvia, nacida de la astucia de Bobok, un sapo de la zona de Bahkwan ahora conocido como el poblado de Bácum. Cuentan que durante una época, tiempos duros de sequía atravesaban la vida de los aguerridos hombres de la región Yaqui, que causó muerte y desconsuelo entre la población. Ritos y plegarias eran emitidos por meses sin obtener respuesta. Desesperados, los ocho sabios pensaron enviarle un gorrión a Yuku, dios de la lluvia, para que pudiera realizar el pedido. Los ilustres hombres esperaron por días la llegada del animal, y de la lluvia, sin tener respuesta alguna.

Al llegar con el dios, el gorrión fue recibido positivamente y la divinidad le prometió que a su partida dejaría caer agua sobre la región. Cumplió su promesa al soltar un aguacero muy corto, pero de gran intensidad, que terminó por matar al ave sin llegar al suelo. Lo mismo le sucedió al siguiente enviado, un halcón. Desesperados, los líderes decidieron buscar a Bobok como su última esperanza, ya que contaban con su astucia, que era tal que podía salvarse de cualquier problema. Con un dispositivo diseñado para llevarlo hasta las nubes, y la ayuda de un par de murciélagos que pudieron transportar al anfibio, al llegar encontró a Yuku con la misma disposición, pero al partir Bobok, el sapo se escondió entre las nubes para evitar morir entre el diluvio. Relatan que al no encontrar al sapo en el cielo, Yuku ordenó a las aguas aparecer en la tierra para buscarlo, por lo que cayó un gran diluvio guiado por la voz de Bobok, quien desde las alturas hablaba para confundir al dios, con lo cual se salvó el pueblo Yaqui.

La Tarasca

Cuentan que a finales del siglo XVI, dos soldados españoles lograron escapar a la derrota en la que su ejército cayó ante la resistencia yaqui, la cual logró repeler durante días a los conquistadores. Perdidos por la sierra de la Palma, los extranjeros fueron descubiertos por la tribu de los Pimas, quienes a cambio de su cuidado y protección pidieron todos los secretos que los jóvenes peleadores poseían. Fue así como se realizó un intercambio que mantuvo con vida a los afortunados europeos. Relatan que al incorporarse a la vida de la tribu, los jóvenes fueron entrenados para trabajar en secreto en las minas de oro, y que descubrieron grandes habilidades en ellos y por lo que se les otorgó mayor libertad de decisión, misma que les permitió aventurarse en buscar nuevas vetas de las cuales pudieran extraer el precioso metal. Fueron tantas que una tuvo que dar frutos. Encontraron cerca de la mina de La Pima una gran veta, mayor a lo imaginado, con la cual ganaron el respeto total y la posibilidad de encargarse de la extracción. Bautizaron su hallazgo como La Tarasca, una de las minas históricas más ricas del país.

La cueva de la Sauceda

Cercana a la presa Abelardo Rodríguez, la leyenda del ladrón de la curva continúa zumbando en los oídos de aquellos interesados en dar con la cueva de la Sauceda. Relatan que durante más de una década, este singular personaje aparecía de entre árboles, arbustos o de la tierra para asaltar al descuidado que aventurara sus pasos a la curva, donde este ladrón vivía en estado salvaje. Un día las autoridades, cansadas de los rumores, decidieron actuar y encontraron al hombre, quien, al verlos, decidió internarse en sus terrenos. Se ocultó en una cueva por días sin darse cuenta de que la lluvia causaba la obstrucción de la única entrada. Fue así que quedó aprisionado junto con su tesoro.

La dinastía Coyote Iguana

Dolores Casanova, atrapada por la tribu Seri —también conocida como kunkaa— a sus 18 años, luego de una travesía que tenía como destino Hermosillo y como punto de partida Guaymas, nunca imaginó que se convertiría en la fundadora de una gran dinastía. Hija de un hacendado, la joven fue capturada como prisionera a petición del jefe Coyote Iguana, quien cayó enamorado de ella. Cuentan que pasaron años sin que la muchacha se interesara por el amor del jefe, hasta que un día cedió y se convirtió en la Reina Blanca. Le dio tres hijos y tranquilidad al reino por años, hasta que la muerte de Coyote Iguana lo cambió todo. Su mujer quedó como nueva soberana de los indígenas, quienes decidieron sublevarse y terminaron por quitarle el poder. Como venganza, cuentan que la Reina Blanca entrenó a sus hijos Coyote Iguana II y III para recuperar su reinado, y logró que este último regresará a sus manos, aunque el peso por ello fuera su muerte.

El túnel de la catedral

Algunos cerrados y otros jamás recorridos, los túneles de Hermosillo son parte de la historia del estado. Una de las grutas más populares es la que recorre por debajo a la catedral metropolitana. Dicen que en el siglo XIX, uno de los oscuros pasadizos que cruzaba la iglesia era usado con fines mortales, pues conducía a mujeres embarazadas que quisieran deshacerse del niño hacia un convento ubicado en el ahora Instituto Soria, para realizarles un aborto que les permitiera regresar a la sociedad sin sospecha. Durante años, el convento operó bajo estas normas hasta que varias mujeres comenzaron a desaparecer, situación que provocó la curiosidad de las autoridades, que acudieron al lugar para descubrir el hospital clandestino y encontraron, escondidos en una pared, los cuerpos de los fetos, así como el de algunas madres que se dice aún siguen penando por debajo de la ciudad por acabar con la vida de sus hijos.

Tabasco

El Cristo de Astapa

Cuentan que en 1598, el temor de los habitantes de Astapa, en conjunto con el de los pobladores de Villa de Santa María por ser acorralados por los piratas era tal, que en pocos días lograron hacer entender a sus hombres la necesidad de aprender el arte de las armas para defenderse del ataque anunciado desde altamar por los ladrones europeos. Preparados para una batalla dispareja, los hombres de Astapa y los de la ahora conocida como capital del estado, Villahermosa, decidieron unirse y llevar a sus familias a una zona más segura en la conocida Villa de Tacotalpa, donde continuaron con la escasa preparación con la que defenderían sus vidas. Al escuchar a lo lejos la llegada de los bandidos a tierra, los tabasqueños corrieron a una última visita a la iglesia del poblado de Astapa, con el fin de alzar sus plegarias al Santo Cristo que ahí habitaba. Ante sus pies pasaron centenares de hombres que rezaban por sus vidas. Así, dio inicio lo que parecía una batalla dispareja, la cual comenzó a tomar forma gracias a la valentía de hombres anticipados a la pelea, quienes resistieron por días el ataque, pero fueron vencidos por sus propias limitantes de armamento y quedaron a merced de los saqueadores. Un misterioso guerrero desconocido logró, con su sola presencia, ahuyentar a los piratas asustados al ver que ningún tipo de pólvora hacía efecto; los piratas huyeron sin importarles el botín y recordando para siempre aquella pelea. Se dice que la presencia no era otra que la del Santo Cristo, quien conmovido por las peticiones de sus fieles, decidió bajar a luchar por ellos, para conquistar la libertad del pueblo tabasqueño.

El yumká

Encargado ancestral del cuidado de la flora y la fauna, cuentan que este duende maya, cuyo nombre significa en chontal "el espíritu que vigila la naturaleza", continúa su constante recorrido por las lagunas y bosques de la reserva ecológica y parque estatal —de gran atractivo turístico— conocidas con su nombre. Obsesivo en su papel de vigilante, esta figura ancestral acude al apoyo de animales que caen en manos de cazadores furtivos, quienes se mantienen a la espera de un ejemplar perdido por la reserva con el cual puedan practicar. Se dice que luego de descubrir el paradero de los acechadores, el duende comienza con su trabajo; ocultando las herramientas que podrían dar punto final a la vida de la fauna de la reserva, y que es ayudado por un Saraguato —conocido mono aullador—, que anuncia la pérdida de algún animal, con lo que avisa al yumká los peligros que debe librar.

La niña de Chiltepec

Detallan los habitantes del poblado de Chiltepec que durante las mañanas que siguen al festejo de la Virgen del Carmen, realizado durante los días 15 y 16 de julio, una misteriosa niña vestida de blanco, con un extraño acento que hace pensar a los pobladores en la hija de extranjeros, aparece por el malecón preguntando a todo aquel que se atraviesa por su camino por el paradero de sus padres. Cuentan que durante uno de los festejos, dicha infante, ahora convertida en alma en pena, tuvo el infortunio de caer de la embarcación en la que se encontraba de viaje con sus padres, y que se perdió para siempre en las aguas de Chiltepec lo que causó tanto dolor en sus progenitores trastornados por el suceso, que el suicidio fue la única opción al no poder encontrar el cuerpo de su hija, la cual continúa aferrada a buscar a sus padres sin saber que los cuerpos de éstos fueron regresados a su país de origen, por lo que dejaron a la infante condenada a seguir penando sin que nadie sepa por cuántos años más.

La Virgen de Cupilco

Encontrada sobre una vieja y destruida barca que rondaba las aguas situadas entre Comalcalco y Villahermosa, en el pueblo de Cupilco, una escultura de la Virgen en medio del mar dio vida a uno de los relatos más contados de la zona. Detallan que luego de ser llevada a la iglesia del poblado, para que pasara la noche, la Virgen fue transportada al pueblo de Ayapa para establecerla nuevamente. Pero parecía que la figura nunca estuvo muy convencida. Acomodada en un costado de la iglesia, platican que cada mañana esta posición pasaba al olvido al encontrar a la Virgen mirando de frente a la entrada de la iglesia sin encontrar una explicación, cambiándola a otro poblado en el que sucedía la misma y misteriosa acción, hasta que un día, uno de los pobladores descubrió que por más que la colocaran en una posición, la Virgen siempre terminaba moviéndose hacia un sitio donde pudiera ver de frente a Cupilco, el pueblo que la vio llegar. Al notarlo, las autoridades decidieron trasladarla de regreso a dicho poblado. Así termina la historia de la Virgen que se movía deseando regresar al pueblo que la acogió, mismo que continúa celebrándola cada día treinta del mes.

Iztac Ha

En las cascadas de Agua Blanca, al sureste de la capital tabasqueña y cercanas a la ranchería Las Palomas, se cuentan muchas historias. La principal es la que relata cómo la princesa Iztac Ha, luego de sufrir las penas del amor al ser separada de su compañero de vida por causa paterna, fue convirtiendo su tristeza en un mar de lágrimas que parecían no tener fin. Durante días, la princesa continúo con su desconsuelo y desapareció poco a poco de la tierra al írsele la vida por los ojos, con lo que se dio origen a la historia que define el origen de las cascadas, consideradas en la actualidad como parque estatal, y que continúan atrayendo al turista ante sus impresionantes y bellas caídas.

Tamaulipas

Las siete tumbas

Perdida entre las losas y piedras del antiguo panteón del poblado de Mier, una pequeña capilla, repleta de huellas del tiempo, guarda los restos de lo que alguna vez fue una historia de misterio: siete cuerpos femeninos que ahora descansan, vigiladas y castigadas por el hombre que en mal momento eligieron como marido.

Cuenta la leyenda que esta historia comenzó el día que una ilusionada joven de Mier decidió casarse con un campesino llegado al poblado, experto en la creación de cal a través del maíz. Durante años, el matrimonio marchó con los problemas comunes del mismo, pero sin caos alguno, dedicándose a la tarea de obtener aquel polvo blanco, con la suerte de haber podido instalar en su hogar un cuarto para el trabajo. En algún momento, a la esposa del campesino se le hizo fácil aceptar los cortejos de otro hombre, volviéndose así su amante. Al enterarse de los amoríos, el campesino conoció de cerca los celos y planeó con cuidado la muerte de su mujer, entonces llegó a la conclusión de asfixiarla en el cuarto de la cal, y argumentó un accidente de trabajo provocado por la inexperiencia de la infiel. Sin levantar sospechas, el hombre, como muestra de amor, construyó una capilla en el panteón, y dejó pasar el tiempo para volver a casarse, aún con los celos como dueños de su razón. Al menor coqueteo o a la menor suposición de una infidelidad, él repetía el procedimiento laboral con la esposa en turno. Con la cuenta en siete, ya vivía este hombre en otro poblado cercano, cuando llegó la siguiente víctima quien, precavida ante rumores que escuchó del otro poblado sobre su pareja, decidió asfixiar en la noche de bodas al campesino luego de notar que al bailar con otro hombre, el día de su boda, él la miraba como deseando su muerte. Luego lo enterró lejos del lugar, y no en la capilla como él lo tenía planeado. La ahora viuda provocó que el alma del celoso vague alrededor del panteón, en busca de la manera de poder vigilar a las mujeres de su vida eternamente, hecho que causa temor a quien en el camino a la capilla se lo encuentra.

La Virgen del Chorrito

Ubicada en el municipio de Hidalgo, en la presa Pedro J. Méndez, la iglesia del Chorrito se ha convertido en el centro de peregrinaje más importante del estado de Tamaulipas, en gran medida debido al fervor que despierta la Virgen de la Roca y Cruz que ahí se ubi-cada ahí. Cuentan los que acuden hasta la cueva a verla, que hace muchos siglos, un indígena de la región terminó por perderse al explorar las cascadas del lugar y fue atacado por la naturaleza, por lo que se reguardó de la tormenta dentro de una cueva. Relatan que al salir de la oscuridad, el hombre descubrió una gran roca que tomaba la forma de la Virgen. Asombrado, se le acercó y descubrió a la madre de Dios, quien al mirarlo comenzó a hablarle, y le pidió como encargo que en la cueva del resguardo se formara un templo dedi-cado a su presencia. Así se construyó uno de los sitios religiosos más concurridos del país.

Las bolas de lumbre

Platican que en el poblado de Villa de Güémez se realiza la más grande reunión de brujas que se pueda imaginar. Durante un par de días, las mágicas mujeres se reúnen para salir a volar por los cie-los convertidas en pequeñas bolas de lumbre. Potreros y haciendas se ven atacados en su búsqueda de hombres con quienes negociar su alma o simplemente para acabar con la vida del desafortunado que se les atraviese, pero dejan como único consuelo la posibilidad de atraparlas si se alcanza a distinguir un pequeño hilo que les cuelga. Dicen que al obligarlas a bajar, como última artimaña, se transforman en algún animal para asustar a quien las capturó, y esperan que éste huya y las deje en libertad, pero si eso no sucede, éstas deben regresar a su forma y convertirse en esclavas eternas de quien las bajó del cielo, para servir en vida a sus amos.

El gigante de Tampico

Su impresionante tamaño, el cual alcanzaba los dos metros con treinta centímetros, atraía las miradas y el saludo de todo transeúnte de Tampico que conociera Pepe el Terrestre. Bautizado como José Calderón Torres, este hombre de grandes proporciones es recordado caminando por las calles de la ciudad como uno de los ilustres personajes que le dieron vida y sentido durante el siglo pasado. De él, se cuentan infinidad de leyendas, como las que describen su inigualable fuerza. Nació en el seno de una familia normal, a la cual desde los ocho años de edad ya superaba en tamaño. El gigante usaba su tamaño a su favor tanto para su actividad de cargador como para vengarse de las injusticias que a su paso sucedían, como cuando llegó a voltear una patrulla de policías que no realizaban su trabajo durante un asalto. Muerto el 15 de octubre de 1973, José es recordado gracias a distintas estatuas en la ciudad, además de los incontables relatos que aún circulan sobre este personaje que cambió la historia del estado, y que se convirtió en el hombre más alto dentro de su historia.

La laguna del Carpintero

Llegada desde Europa a Tampico, en el siglo XIX, con el fin de ejercer la profesión más antigua del mundo; cuentan que la prostituta conocida como María La "O", enamoró durante su estancia a un joven carpintero que vivía a las orillas de la laguna principal de Tampico. Al visitarla día y noche, este joven logró cautivar a la mujer, la cual correspondió su amor hasta que en una de sus visitas, el carpintero miró cómo la casa se quemaba, corrió a salvar a su amada, y murió, al caerle una viga ardiente. En honor al amor y valentía del joven, relatan que esta laguna, famosa por ser el hábitat del legendario cocodrilo Juancho, que ha llegado a pasear por las calles de la ciudad, así como de trescientos animales más, fue bautizada con el oficio que durante su vida le permitió hacerse del amor de una de las mujeres más buscadas del poblado de Tampico.

Tlaxcala

Cuatlapanga

Origen de muchos mitos y relatos, el volcán Cuatlapanga, ubicado en el municipio de Coaxomulco, ha sido el punto de llegada tanto de numerosos turistas ecológicos, como de procesiones religiosas interesadas en mostrarle su fe al Cristo Rey colocado por los pobladores en la cima. Recibe miles de visitas los días 15 y 16 de julio, en un extenso recorrido que incluye 14 capillas durante la escalada, lo cual lo convierte en un referente del estado de Tlaxcala, al igual que el volcán Matlalcuéyatl, ambos ubicados a poca distancia entre sí. Considerado durante siglos como un cerro más del panorama —con 2,300 metros de altitud—, sorprendió, en el año 2005, a la población, cuando distintos investigadores y científicos mexicanos descubrieron que se trataba de un cuello volcánico que, con varios millones de años en la Tierra, continuaba dormido a la espera de su erupción. Es precisamente en este reposo que nace la leyenda que da vida a su nombre. Bautizado como el guerrero Xiloxoxtla, narran que Cuatlapanga fue uno de los hombres más justos y sensatos de su época, pues ayudaba a su comunidad tanto a alimentarse como a defender los límites de su ciudad de otras tribus que estaban al acecho. Durante su juventud, refieren, fue entrenado por grandes sabios y se convirtió en un ser razonable; hasta que un día perdió la calma al presentarse ante su mirada la llegada de un grupo de conquistadores españoles, al mando de Hernán Cortés, acompañados de una hermosa mujer conocida por la historia como la Malinche. Enamorado en pocos instantes de la belleza de la nombrada Matlalcuéyatl, o Marina, logró convencerla de corresponder su amor, lo que provocó una relación oculta que durante años mantuvo en peligro a los dos. Durante una batalla, Cuatlapanga fue herido y perdió la conciencia por semanas, hasta que al recordar su vida regresó a su poblado para encontrarse con que la Malinche había muerto. Al conocer el destino de su compañera, la historia detalla cómo el guerrero tomó su última decisión al partir al lugar donde yacía el cuerpo, se hincó a sus pies para toda la eternidad, con el fin de vigilar el alma amada. Este hecho dio nombre a este mítico lugar.

La Virgen de Ocotlán

Similar a la historia de Juan Diego y la Virgen de Guadalupe, este relato cuenta cómo durante una larga caminata en búsqueda de agua que ayudara a curar las enfermedades del poblado de Xiloxoxtla, un joven indígena se encontró frente a un gran ocote del que una intensa luz se desprendía. Al acercarse al pino, una voz resonó en sus oídos, era la Virgen misma quién se aparecía frente a sus ojos. Al preguntarle sobre el motivo de su preocupación, el indio le describió la tempestad que lo acompañaba y cómo no podían conseguir agua en la zona, lo que causó la muerte de sus hermanos y hermanas. Ante su incrédula mirada, un manantial apareció cerca de sus pies con las indicaciones de la Virgen, quien solicitaba que anunciara su llegada a las autoridades religiosas del estado, para que se encontraran con ella. Escépticos por la noticia, sacerdotes y frailes acudieron a la zona para descubrir que manantial y árbol seguían ahí, de este último radiaba un intenso fuego que al intensificarse, convertía en cenizas el pino, de donde la escultura de la ahora conocida Virgen de Ocotlán apareció.

Tlahuelpuchi

Sedientas de la sangre que les permitirá seguir viviendo hasta la eternidad, las tlahuelpuchi son reconocidas como vampiras mexicanas alrededor del mundo. Cuentan que su presencia entre los habitantes de Tlaxcala lleva ya mucho tiempo. Las tlahuelpuchi salen por las noches a conseguir el líquido vital que les permitirá seguir volando por los cielos; la sangre que prefieren es la de los humanos jóvenes, a los cuales desangran hasta el amanecer. Este demonio nocturno toma la forma de distintas aves, que ocultan sus piernas en algún rincón de su hogar, y sólo puede ser vencido con distintas artimañas populares, las cuales pocos ponen a prueba ya que se platica que aquel que logre atrapar y dar muerte a uno de estos seres, automáticamente será maldecido convirtiéndose en tlahuelpuchi de por vida.

Las zapatillas de Totolac

Nadie entendería cómo una mujer tan bella podría al mismo tiempo tener un destino tan trágico. Sin razones aparentes para suicidarse a las afueras de su hogar, en el árbol de las zapatillas —nombrado así porque apareció la mujer colgada sin los zapatos que durante años fueron su única propiedad—, la muerte de la joven dama causó la sorpresa del poblado de Totolac, situación que provocó sin cesar una búsqueda de la razón de tal suceso. Durante años, el secreto se mantuvo oculto hasta que un día, un hombre de la ciudad apareció buscando a una mujer con características semejantes. Cuando supo sobre su muerte, se sorprendió ante la noticia. Con la sospecha sobre sus hombros, el hombre fue perseguido hasta descubrirse que se trataba del amante de la fallecida, el cual la había abandonado para casarse con otra, lo que causó tal pesar en su corazón. Platican que como castigo, el hombre fue condenado a muerte. Lo colgaron en un árbol de los límites del poblado, y lo dejaron a la mira de depredadores que terminaron por hacerse cargo del cadáver. Hasta la fecha, la gente continúa buscando las zapatillas perdidas de la mujer que conmovió su corazón.

El espíritu de Apizaco

Detallan que el día 6 de marzo de 1982 un extraño accidente causó la curiosidad del poblado de Apizaco. Como perseguido por el Diablo, un camión llegó destruyendo todo a su paso. Hasta las puertas de la Basílica de la Misericordia llegó; descendió del mismo un aterrorizado chofer decidido a esconderse en el templo. La policía, al llegar, descubrió al hombre en *shock* que sólo pedía la revisión de la cabina del vehículo. Relatan que al abrirla, un destello de luz escapó y liberó una figura mitad hombre-mitad simio que huyó por los aires sin saberse nada más. Al recuperar la conciencia, el chofer relató que la extraña aparición se trataba de un insólito demonio que durante su camino por la carretera había subido al camión, lo había amenazado de muerte y se había convertido en el espíritu de las carreteras. Este ser fue conocido como el chango verde.

Veracruz

La vainilla

El origen de las orquídeas forma parte de una de las leyendas más importantes de esta región. Encargada de contar el nacimiento de la vainilla, bautizada por los conquistadores españoles debido a su semejanza con la vaina de una espada diminuta, los relatos cuentan que varios siglos atrás, en las costas del estado de Veracruz, el indígena totonaca Tenitzli gobernaba la región del Totonacapan, elegida como lugar de asentamiento de la mencionada tribu, luego de su partida de Teotihuacán. Fue considerado un digno soberano; su mandato transcurría con una adoración especial por la deidad Tonacayohua, encargada de la abundancia de los alimentos, a la cual el pueblo Totonaca dedicaba incontables sacrificios para mantener su caridad al día. A esta deidad le construyó un templo en los límites de la ahora conocida Papantla. Este lugar era vigilado por seis jóvenes damas elegidas para realizar la tarea con castidad. Una de estas mujeres era Tzcopontziza (Lucero del Alba), la hija del rey dedicada y enclaustrada para la divinidad, al menos hasta su transformación. Cuentan que en una las pocas salidas de la princesa al mundo, un guerrero de la región, nombrado Zkatari-Oxga (Joven Venado), se encontró frente a la mujer y cayó enamorado aun ante la prohibición del rey. Decidido a conseguir la reciprocidad de la muchacha, el joven decidió vigilarla de cerca, esperando el momento adecuado para raptarla y llevarla al bosque para ser correspondido. El día menos pensado, el indígena capturó a la joven, y se internó en las montañas, sin alejarse mucho de los terrenos totonacas. Fue capturado en el momento que besaba a la princesa, y provocó así la ira del monarca. La pareja debía pagar con su sacrificio ante la diosa Tonacayohua. Meses después de su muerte, en el lugar donde fue arrojada la sangre de la pareja, detallan que un desconocido arbusto comenzó a crecer a lo alto, y que de él se desprendió una orquídea que llenaba los alrededores de un dulce aroma. Nacido de la sangre de la princesa, el fruto que endulzó el cacao de los dioses sigue siendo conocido como Caxixanat (flor recóndita) o Ixtlixóchitl (flor negra) por los aztecas.

Tzakatkihui

También conocido como Aiguné o Güagüagí, de nombre científico Zuelania Guidonia, el llamado árbol de la fecundidad encierra en sí no sólo la historia de los llamados hombres pájaros —los voladores de Papantla—, sino la de un rito prehispánico que aún se preserva de familia en familia.

La recolección del tronco del Tzakatkihui, utilizado exclusivamente para formar parte central del ritual de los voladores, se convierte así en un relato por sí mismo; ya que, como platican los encargados del mismo, se trata de un homenaje a la vida del árbol donde, durante una noche en vela, se realiza una ofrenda de aguardiente y alimentos para dar paso, hacha en mano, al corte del tronco de 13 metros de altura, ideal para las trece vueltas a realizar durante el acto original. Luego del corte, el palo es transportado hasta el lugar de la ceremonia, cargado en hombros por hombres involucrados. Éstos vigilan que nadie se acerque a él, en especial las mujeres, quienes tienen prohibido tocar el tronco, ya que al hacerlo afectan el ciclo de fertilidad que se piensa pedir durante el rito, reconocido internacionalmente, de los voladores.

El Sambomono

Escondido en los montes del poblado de Tres Zapotes, habita un extraño dedicado a dar muerte a todo aquel intruso que le recuerde la tragedia de vivir entre humanos. Cuentan que durante años, el mitad mono-mitad hombre habitó la población al lado de su padre humano, escondiendo cola y pelaje de la vista de la gente, hasta que fue descubierto nadando en el río. Después de esto fue desterrado de la zona, lo cual le causó la ira que lo mantiene cazando a todos aquellos que lo echaron del poblado. Se dice que para evitar lastimar a su progenitor, el bautizado como Sambomono le pidió a éste que tocará un caracol de mar al pasar por la zona.

La mulata de Córdoba

Acusada por la población de Córdoba por ser una de las brujas más crueles de la zona, la joven huérfana de nombre Soledad demostró con el paso del tiempo su inocencia ante la Santa Inquisición. Mujer devota, hija de una mujer indígena y un hombre blanco, sufrió por años de la persecución sólo por su color de piel, mismo que no sólo le trajo acusaciones sino también el acoso de los hombres quienes, a escondidas, buscaban conquistarla. Cuentan que el alcalde Martín de Ocaña, al sentirse rechazado por Soledad, obligó a las autoridades religiosas a sembrarle pruebas a la mujer, que ahora era su obsesión. Castigada por el desprecio popular, la llamada mulata fue llevada hasta el castillo de San Juan de Úlua, y fue encerrada previo al acto donde sería quemada públicamente. Antes de la hora de su muerte, relatan que su única petición fue un pedazo de carbón, con el cual comenzó a dibujar en las paredes de su encierro un detallado barco ante la sorpresa de sus guardias, los cuales, intrigados, se acercaron a preguntarle el porqué del barco. Soledad respondió alzando un pie rumbo a la pared, traspasándola, desdibujándose la pintura. Así se perdió la extraña y mágica mulata.

El callejón del diamante

Ubicado en las inmediaciones de Xalapa, este angosto callejón narra la historia de un matrimonio español que, aprovechando las ventajas de la conquista, decidió vivir en México. El matrimonio eligió esta extraña calle como su morada. Cuentan que, de la mano de la dama, un diamante negro sobresalía como un ojo siempre atento; elegido por su marido para realizar su petición matrimonial. Esta joya, narran, tenía el poder de indicar cuando la mujer era infiel, y cuando no lo era, ya que al momento del engaño siempre terminaba por desprenderse de quien lo poseía, y regresaba de curiosas maneras a las manos del esposo, quien así descubrió el secreto de su amada, le dio muerte y dejó sobre su cuerpo la joya que desde entonces da nombre a este callejón.

Yucatán

El Maquech

Utilizado como adorno en el estado de Yucatán, colgando a través de una cadena del pecho de su dueño, este brillante escarabajo, al ser decorado con joyería de distinto tipo y valor, guarda en sí no sólo tradición y polémica, sino que también trae consigo variadas historias y leyendas populares, como las que apuntan a su duración de cien años de vida. Entre ellas sobresale la que relata la historia de la princesa Cuzán (Golondrina, en maya) y el guerrero Chalpol (Cabeza Roja).

Cuentan que en la ciudad sagrada de Taxchilán, gobernada por Ahnú Dtundtunxcaán ("El Señor que se sumerge en los cielos"), la bella hija del rey comenzaba a ser cortejada por los hombres del poblado, lo cual causó la angustia de su padre. Éste, decidido a anticiparse a cualquier posible relación, unió a su hija con Ek Chapat, el hijo del gran señor Halach Uinic, de la ciudad de Nan Chan, y concertó así un matrimonio por conveniencia. Con la aprobación de la princesa, todo marchaba en orden para la unión, ceremonia que inició el primer intercambio de riquezas enviadas por el padre del novio. Éstas se mandaron a través de uno de sus hombres, el mencionado Chalpol. Relatan que al primer encuentro entre princesa y esclavo, la historia comenzó a escribirse. Se declararon amor eterno, y lograron mantenerlo escondido durante mucho tiempo, aplazando la boda por distintas razones. Al enterarse el señor de Taxchilán de las acciones de su hija, y del costo que tendrían, decidió capturar al hombre para sacrificarlo y acabar así con su problema. Gracias a una petición de la princesa esto no alcanzó a concretarse. A cambio de la vida de su amado, prometía no verlo jamás. Así, el hombre fue salvado, más no perdonado; fue enviado con un brujo de la zona para recibir su castigo, el cual consistía en que el joven tenía que ser convertido en un escarabajo al que se adornaría con piedras preciosas como regalo de su padre a Cuzán. Detallan que al enterarse del origen de tal regalo, la princesa decidió colgárselo al pecho y prometió no quitárselo jamás. Éste es el origen de la leyenda del Maquech.

Hapai Kan

Habitante de las oscuras y perdidas cavernas de la zona de Uxmal, la imponente serpiente con alas, bautizada como Hapai Kan, espera ansiosa el momento de salir a volar por los cielos en busca del alimento que la mantenga viva en su encierro. Vigilada por un ser conocido como Báalbá´al, de nombre H Wayá´as, relatan que la serpiente espera la llegada del fin del mundo. Tiene la responsabilidad de devorar a los hombres que con sus acciones destruyeron la espiritualidad de la humanidad, para alejarlos del paraíso conocido como T- Ho, encargo otorgado por Yum K'u; así, mientras llega el día señalado, Hapai Kan recorre los cuatro puntos cardinales; a su paso, deja una esencia que intoxica aguas y alimentos, lo que causa hambre y muerte en las poblaciones, así como la muerte de niños y jóvenes que se atraviesen en el paso de tan vengativo ser.

Lol Há y Balam Chac

La hija del rey Nachi Cocom, señor de Sotuta, Lol Há tardó poco en caer enamorada del respetado guerrero Balam Chac, lo que provocó la ira de su padre. Lol Há estaba ya comprometida a través de un antiguo trato con un gran señor de los poblados aledaños. Celoso por el amor de su hija, narran que el rey decidió acabar con la vida de Balam Chac, quien fue avisado por amigos cercanos que el rey planeaba liquidarlo. Balam Chac decide huir con Lol Há, y se internan en el bosque con la ayuda de Nóh Xunáan, la nodriza de la princesa, conocida por sus dotes de brujería. Perseguidos por mandato, detallan que los enamorados fueron avisados por la bruja, convertida en luciérnaga, que el rey los cazaba, pero encontraron un refugio temporal que de poco sirvió al ser acorralados por los hombres del rey. Esto causó la furia de Nóh Xunáan quien dio vida a las aguas del manantial, las cuales destruyeron montes y dieron muerte a los enamorados, ahora convertidos en dos rocas separadas que esperan unirse en la eternidad.

El frijol blanco

Desilusionados de la vida, platican que los hombres de la región recurren como último recurso a los favores de Kitzin, conocido como un poderoso y extravagante demonio. Este ser es capaz de otorgar la más absoluta riqueza tal y como dicen que hizo con un hombre del pueblo quien, a cambio de su alma, exigió siete deseos en una semana, los cuales iban desde dinero y salud hasta mujeres y comida. Cuentan que al llegar el fin de los siete días, ya con un solo deseo por delante, Kitzin se apareció a reclamar su premio, pero se encontró con una extraña petición como último favor a conceder: lavar una garrafa de frijoles negros hasta que éstos se convirtieran en blancos. Al verse imposibilitado ante tal tarea, el demonio aceptó su fracaso y perdió el alma del joven, no sin antes decidir aprender de ello una lección; así dio vida a nuevas semillas que al crecer se convirtieron en los frijoles que, de distintas tonalidades, ocupan las mesas del país.

El Huay Chivo

Por los campos y veredas, platican los que le han visto, hay un extraño ser mitad chivo y mitad hombre, conocido como el Huay Chivo. Ese ser continúa atormentando al ganado y las granjas de la zona. Reconocido como uno de los brujos más poderosos de la región, este ser busca sangre fresca con la cual saciar la sed de vida que acompaña el tormento de tener que ser el esclavo del señor supremo de la oscuridad. De profundos ojos rojos y color negro, esta abominación no hace discriminación entre hombre y animal, ya que ataca todo lo que se atraviesa por su paso hasta desangrarlo, sin poder ser castigado por los granjeros que, desilusionados e impotentes, miran cómo su cosecha y ganado disminuyen drásticamente cada vez que este particular personaje decide cosechar el fruto de su venganza.

Zacatecas

El callejón de las tres cruces

Por la empedrada calle San Francisco, un violinista solía hacer más llevadero el trayecto con su música para ganarse el pan. De nombre Gabriel García, y como seña huérfano de nacimiento, fue educado por los sacerdotes del convento de San Agustín, quienes le inculcaron especial amor por las artes. De carácter guerrero, relatan que tenía un particular imán con las mujeres, ventaja que no solía aprovechar, ya que sus ojos se mantenían fijos en Beatriz, una dama, también huérfana, que vivía en una de las esquinas del recorrido. Emocionada por el cortejo musical, Beatriz se encontraba imposibilitada las corresponder abiertamente al músico, ya que para aquel entonces estaba a un paso del altar; comprometida con el hijo de don Diego de Gallinar, su extrovertido tío, a quien —sin importarle la falta moral del incesto— este matrimonio le daría la posibilidad de acceder a la fortuna de su sobrina. Con la sospecha en sus oídos, don Diego decidió parar la situación, y enfrentar al indígena en su casa —ahora ubicada en la avenida Hidalgo y la calle Juan de Tolosa—, durante la tarde del 2 de noviembre de 1763, día en que Gabriel comenzó la serenata regalada a su amante, sin imaginar que éstas serían las últimas notas que su violín tocaría. Conforme el tono de palabras subía, Beatriz palidecía del otro lado de la ventana del balcón, mientras que Gabriel, paciente, trataba de llevar por buen cauce la ira del tío. Cuando no pudo mantener más su ira, el joven violinista recibió un puñetazo en el rostro. Segundos después el viejo caía muerto, mientras Gabriel era apuñalado por la espalda por uno de sus sirvientes; dicha imagen provocó el mareo de la mujer, que se desmayó ante los ojos atónitos de los sirvientes, quienes la vieron caer del tercer piso. Había caído muerta y acompañado, a su amado, con lo cual dejó atrás el alma del tío que continúa penando en el callejón.

La piedra negra

Encontrada por dos amigos, decididos a aventurarse en la búsqueda de la mina que cambiaría su futuro, la piedra negra continúa adornando la fachada de la catedral de Zacatecas, y espera a que alguien la libere, con lo cual será el motivo de nuevos crímenes. Narran que al dar con una veta de oro, los dos jóvenes comenzaron la excavación y encontraron esta extraña piedra que, a pesar de su oscuro color, dejaba ver trozos de oro. Durante días, se dice, intentaron destruirla y vieron cómo su ánimo comenzaba a cambiar debido a la frustración y el obsesivo contacto con el objeto, lo que dio paso a un creciente odio entre los jóvenes, que terminaron su amistad de manera abrupta. Llenos de avaricia, los hombres comenzaron su última pelea, la piedra cayó en la cabeza de uno de ellos; al sentir la culpa, el joven se suicidó, la piedra continuó en el camino, olvidada, hasta que distintos crímenes fueron ligados a ella. Son incontables las leyendas que relatan que al contacto con esta misteriosa piedra, una necesidad de crimen comenzará a anidar en el afectado, por esto las autoridades decidieron colocarla en la fachada del templo que adorna la capital.

El capitán Pavón

Dicen los hechos que durante 1860, el capitán Augusto Pavón fue elegido como líder de la compañía que pelearía en Aguascalientes, y que perdió la vida en batalla, por lo cual se inició así su leyenda. Cuentan que, en una velada en la fonda Luz de la Aurora, ubicada en la plaza de la Loza, él y su amigo Juan Ponce apostaron que el primero que muriera llevaría al otro a su propia muerte, y lo recibiría con un baile en el panteón. Así cumplió cabalmente el militar, Ponce fue llevado hasta el panteón Refugio y demostró que las apuestas en nombre de la muerte son cumplidas.

El árbol del amor

Ubicado en la plazuela de Miguel de Auza, frente al ex convento de San Agustín, el conocido árbol del amor continúa protegiendo con sus ramas y leyendas a los jóvenes enamorados que acuden a realizar sus peticiones de amor eterno. Relatan los viejos de la zona que esta mágica y antigua planta ha estado presente en la historia del estado desde 1850, año en que el mito sobre su poder sentimental comenzó. La historia tiene su origen en el triángulo amoroso ocurrido entre Oralia, hija de un importante hacendado, el minero Juan y el francés Philipe Rondé. Encargado del cuidado del arbusto, cuentan que Juan vivía enamorado de Oralia sin poder mencionar su cariño debido a su condición social, mientras Oralia era cortejada por el europeo quien, de manera inesperada, tuvo que partir a su país. Se dice que los ruegos de Juan al árbol son los que permitieron que floreciera el amor entre ellos. Así se dio pie a esta leyenda protectora de los enamorados.

Jobito

Entrañable personaje del pueblo zacatecano. Cuentan que Jobito, dueño del mesón ubicado en la vecindad ahora nombrada como el adorable anciano, fue uno de los hombres más queridos por el pueblo al adoptar a todos los jóvenes y niños como si fueran sus propios hijos. Relatan que, huérfano de nacimiento, este hombre educado por los franciscanos durante el siglo XVIII, vivió una vida de constante sufrimiento, pues perdió primero a su madre enferma de tuberculosis, para después ver morir a su esposa durante el parto en el que nacieron sus dos hijos, mismos que le fueron arrebatados por sus abuelos maternos. En vez de vivir perseguido por el dolor, Jobito aprovechó y brindó su hospitalidad y cariño a todo aquel que quisiera convertirse en huésped de su morada, a quienes cuidaba como si fueran de su propia sangre, con el fin de sanar heridas parecidas a las suyas. Aún después de su muerte, sigue apareciendo ocasionalmente en el que es ahora un hotel para ayudar a los visitantes de su antiguo hogar.

Índice

Esta obra se terminó de imprimir el mes de Mayo del año 2010
en los talleres de: **DIVERSIDAD GRAFICA S.A. de C.V.**,
Privada de Av. 11 #4-5 Col. El Vergel Del. Iztapalapa C.P. 09890
México, D.F. 5426-6386, 2596-8637. Impresion: mil ejemplares.